U0923462

The Time Keeper

时光守护者

〔美〕米奇·阿尔博姆 著　吴正 译

上海译文出版社

将此书献给简宁。这是一本关于时间的书，正是简宁让我生命的每一分钟都充满意义。[①]

——米奇·阿尔博姆

① 简宁是作者阿尔博姆的妻子。

引 子

1

一人独坐于洞穴中。

他蓄着长发。他的胡子垂到膝盖处。他双手托住下巴。

他闭着眼睛。

他在聆听。声音。无穷无尽的声音。它们来自洞穴角落的一个水潭。

那些声音是地球上的人类发出的。

他们都想要一样东西。

时间。

那声音中有萨拉·雷蒙的。

她和我们生活在同一时代。这个年轻的姑娘正四仰八叉地躺在床上，研究手机里的一张照片：一个咖啡色头发的帅小伙。

今晚她和他有约。今晚八点半。她兴奋地重复着："八点半，八点半！"她在琢磨该怎么穿。黑色牛仔？无袖衫？不。她痛恨自己的手臂。不能穿无袖衫。

"我需要更多时间，"她说。

那声音中有维克多·迪拉蒙特的。

他八十出头，很有钱。他坐在医生办公室。坐在一旁的是他妻子。诊疗桌上盖着一张白纸。

医生语气温和。"我们能做的很有限，"他说。数月的治疗没有起到什么效果。肿瘤。肾脏。

维克多的妻子想开口，却哽咽了。维克多清了清喉咙，好像在替她说话。"格蕾丝想要问的是……我还剩多少时间？"

他的话音——萨拉的话音——都飘浮到了那个遥远的洞穴中，那个孤独的、留着长胡子的男人所坐的洞穴中。他是时间之父。

你会觉得他像个谜，像新年贺卡上所描绘的——一位古人，面容枯槁，手中抓着沙漏，比地球上所有人都年长。

他确实是时间之父。而且，他不会随岁月老去。在那象征着旺盛生命力的乱蓬蓬的胡子和瀑布般垂下的长发之下，他有着精干的身躯，光滑的皮肤。他所辖管的时间，对他并不起作用。

在还没有开罪上帝以前，他，曾经和我们一样，注定要面对死亡。

但他的命运发生了变化：他被放逐到了这个洞穴，听世界上每一个和时间有关的请求——再多给几分钟，几小时，几年。再多给一些时间。

他在洞里恒久居住。他已经放弃了希望。但在某个地方，时钟静静地为每个人计算着生命的长度。有一只时钟也在为他嘀嗒而响。

很快，时间之父将获得自由。

重返地球。

终结因他而起之事。

开篇

2

这个故事要讲述的是时间的意义。

故事发生在很久以前，源于人类历史之初。一个男孩赤着脚往山坡上跑。他前面有一个赤脚的女孩。他想要追上她。女孩和男孩之间的故事通常都这样。

他和她后来一直这样相处。

男孩叫多尔。女孩叫爱莉。

在他们这个年龄，两个人高矮差不多，都有着尖尖的童声，厚厚、黑黑的头发。他们的脸上都沾着泥巴。

爱莉一边跑，一边回头去看多尔，冲着他乐。那是爱的初体验。她抓起一块小石子，朝着他的方向，高高抛了出去。

“多尔！”她喊着。

多尔一边跑，一边计算自己呼吸的次数。

他是地球上第一个试图——数数、计算的人。最初，他将两只手的每根手指一一对应，并为每对手指命名。很快，他开始数任何可以数的东西。

多尔是个温和、柔顺的孩子，但他的思想要比周围的人深沉。他与众不同。

在人类历史的开端，一个与众不同的孩子足以改变世界。

这就是为什么上帝会关注他。

“多尔！”爱莉喊。

他抬起头，微笑着——看到爱莉他总是微笑——那块石头掉在他脚下。他昂起头，心里生出一个想法。

“再扔一块！”

爱莉又抛了一块石头。多尔数着手指，发出了一个代表一的声音，一个代表二的声音……

“哎哟喂！”

他被一个从后面袭击他的孩子给打断了。那个孩子叫尼姆，长得又高又壮。尼姆用膝盖抵住多尔的背，欢呼道：

“我是国王！”

三个孩子都笑了。

他们继续往前跑。

想像一下没有时间的生活。

我们可能无法做这样的想像。因为我们有了年、月、日的概念。墙上挂的钟，车内的仪表盘。我们根据时间安排日程，约定晚饭，安排看电影。

但我们周遭，其他生物是没有时间概念的。鸟儿不会迟到。狗不会看手表。鹿不会因为错过生日而懊恼。

只有人类计算光阴。

只有人类丈量时间。

也正因为这样，只有人类才要承受其他生物无需面对的巨大恐惧。

恐惧时间不够用。

3

萨拉·雷蒙怕时间不够用。

她冲了个澡，计算着时间。吹干头发要二十分钟，穿衣打扮半个小时，路上十五分钟。八点半，八点半！

卧室门开了。是她的妈妈，洛林。

“亲爱的？”

“妈妈，记得敲门！”

“好吧，敲门敲门。”

洛林看到她的床上铺着备选衣服：两条牛仔裤、三件T恤、一件白色的外套。

“你要去哪里？”

“不去哪里。”

“和谁碰头？”

“没人。”

“你穿白色的好看……”

"妈妈！"

洛林叹了口气，捡起地上的湿毛巾，走了出去。

萨拉重新看着镜子里的自己。她想着那个男孩。她掐着腰部的赘肉。嘿呀。

八点半，八点半！

她绝对不穿白衣服。

维克多·迪拉蒙特怕时间不够用。

他和格蕾丝从电梯里走出来，走进他们顶楼的复式公寓。"给我你的外套，"格蕾丝说。她把外套挂进衣橱里。

屋里很安静。维克多拄着拐杖穿过走廊。走廊里挂着某个法国油画大师的作品。他的腹部痛得阵阵抽搐，该吃药了。他走进书房。书房里有很多书、各种证书奖牌和一张巨大的桃花芯木书桌。

维克多想着那个医生的话。我们所能做的很有限。这是什么意思？几个月？几个星期？他就这样完蛋了吗？他不可能就这样完蛋了。

他听到格蕾丝的高跟鞋踩在瓷砖上走来走去发出的声音。他听见她在拨电话。"露丝，是我，"她说。她在给她姐姐打电话。

格蕾丝的声音轻了下去。"我们刚从医生那里回来……"

独自坐在椅子里，维克多计算着他所剩无几的生命。他觉得好像有人掐住了他的胸口，把一股气生生挤压出来。他的脸抽紧，眼睛湿润了。

4

孩子们长大了，被各自的命运裹挟。

山坡上的三个孩子，多尔、尼姆和爱莉也不例外。

尼姆长得很高，肩膀宽阔。

他的父亲是个造房子的，他为父亲搬泥运砖。他比其他男孩子都强壮，这让他很自豪。力量成为尼姆的痴迷之物。

爱莉长得更漂亮了。

母亲害怕她的美丽会招来男人的非分之想，告诫她要把头发编成辫子，要垂下眼睛。谦卑成为爱莉的束缚。

多尔?

他呢，他成了一个数数的人。他在石头上做标记，在棍子上刻痕。他摆弄小枝桠、小石子，任何一种可以帮助他计算的东西。他常常陷入一种梦幻的状态，想着那些数字。因此，他的兄长们外出打猎也不带上他。

所以他就在山坡上与爱莉一起奔跑，他的思想跑在他前面，呼唤着他去追逐。

一个炎热的早晨，发生了一件奇怪的事情。

按照我们的年龄计算法则，多尔当时是个少年。他坐在泥土地上，把一根棍子戳进土里。阳光很强烈，他注意到了棍子的阴影。

他在阴影的末端放了一块石头，独自唱起歌，心里想到了爱莉。他们两个青梅竹马一起长大，现在他长高了，她则比以前更温柔，当她低垂的眼睛抬起来碰到他的目光时，他觉得一阵晕眩，好像站立不稳，要跌倒。

一只苍蝇飞过，打断了他的胡思乱想。“嘘……嘘，”他拍打着苍蝇，将它赶走。他再注意到那根棍子的时候，发现棍子的阴影已经达不到那块石头了。

又等了一会儿，多尔发现阴影变得更短了，因为太阳升得更高了。他决定把棍子和石头留在原地不动，明天再来看看。明天，在太阳照射下，棍子留下的阴影正好触碰到石头的那一刻，就应该是……和今天一模一样的时刻。

他继续推想到，那是不是每一天都有这样一个时刻呢？阴影、棍子和石头的位置关系完全一致？

他要把这个时刻称为“爱莉时刻”，他会在每一天的这个时刻想她。

他拍了拍额头，为自己感到骄傲。

人类就这样开始计时。

那只苍蝇又飞回来。

多尔试图再次赶走它。只是这一次它变成了一群苍蝇，长长、黑黑的一片，连接着一片黑暗。

黑暗中走出一个穿白色长袍的长者。

多尔因为害怕而瞪大了眼睛。他想要跑，想要叫，但是身体完全不听指挥。

那位长者手持一根金色的权杖。他戳了戳多尔用来查看太阳阴影的棍子。那木棍从泥土中升起，化作一群黄蜂。黄蜂也是黑压压的一片，像帘子那样飞舞着向两边分开。

那长者从中穿过。

然后不见了。

多尔逃走了。

他没有把这次遭遇告诉任何人。

连爱莉也没有说。

直到最后。

5

萨拉在一个抽屉里看见了时间。

她打开抽屉找一条黑色牛仔裤，但在抽屉最下面发现了她的第一块手表——一块紫色塑料表带的斯沃琪。那是父母给她的十二岁生日礼物。

两个月后，他们离婚了。

“萨拉！”妈妈在楼下叫她。

“干什么？”她喊道。

离婚后，萨拉跟着洛林过。他不再是她们生活的一部分，但洛林依旧把生活中每件不如意的事都怪罪在前夫身上。出于同情，萨拉总是支持母亲的。但她们两个其实是用各自的方式，对那个男人怀有期待：洛林期待他认错，萨拉则期待着他来拯救她。这两个期望都落空了。

“怎么了，妈妈？”萨拉又喊道。

“你要用车吗？”

“我不用车。”

“什么？”

“我不用车！”

“你去哪里？”

“哪里都不去！”

她看了看那枚紫色的手表，手表还在工作：此刻为六点五十九分。

八点半，八点半！

她关上抽屉，对自己喊：“抓紧时间！”

她的黑色牛仔裤放在哪里了？

维克多在一个抽屉里看见了时间。

他拿出记事本，查看自己第二天的行程安排。早上十点有董事会，下午两点要和分析师们开一个电话会议，晚上八点和一名来自巴西的首席执行官吃饭，维克多正在收购这家公司。以他现在的身体状况，能够完成这其中的任何一项就算是幸运的了。

他吞下一片药。他听到门铃响起。这个时候会有谁来呢？他听到格蕾丝向门厅走去的脚步声。他看到了书桌上他们的结婚照，照片里的两个人都非常年轻，健康，没有肿瘤，没有衰竭的肾脏。

“维克多？”

她和一个陌生人站在书房门口，那人是家政公司的，手里推着一台大号的电动轮椅。

“这是什么？”维克多问。

格蕾丝挤出一个笑容。“我们决定了的，记得吗？”

“我现在还不需要它。”

“维克多。”

“我不需要它！”

格蕾丝抬头看看天花板。

“把它留在这里，”她对那个人说。

“放在门厅里，”维克多下令道。

“放在门厅里，”格蕾丝重复说。

她跟着那个男人走了出去。

维克多合上本子，揉着肚子。他还在想医生的话。

我们所能做的很有限。

他必须做些什么。

6

多尔和爱莉结婚了。

一个煦暖的秋夜，他们站到了神坛上，互相交换礼物。爱莉戴着面纱。多尔往她的头顶洒香水，并宣布：“她是我的妻子。我会在她的膝头放满金银财宝。”那是他们那个时代的结婚宣言。

多尔说出“她是我的妻子”的时候，感到温暖而祥和，因为从孩提时代起，她对于他而言就像天空，无所不在。只有爱莉才能让他忘却他所痴迷的数字。只有爱莉会为他从大河中取来水，坐在他身边，哼着甜美的歌曲，而他则喝着水，痴迷地看着她，记不得自己看了有多久。

现在他们结婚了。这让他很快乐。那个晚上他注意到云里穿行着四分之一个月亮。他以此来记录那个时刻，那是他们洞房之夜的月光。

多尔和爱莉生了三个孩子。

一个儿子，然后是一个女儿，然后又是一个儿子。他们和多尔一家住，在多尔父亲的房子里。附近还有三所同样用树枝和泥土建起的茅屋。在他们那个时候，一家人住一起——父母，子女，孙子孙女——都在同一屋檐下。子嗣只有获得了足够的财富才会迁居到自己的房子里去。

多尔注定无法获得财富。

他永远无法在她的膝头放满金银财宝。所有的公羊、母羊、牛，都属于他的兄弟或父亲。他的父亲常因为他把时间浪费在愚蠢的计算上而打他。他的母亲看到他勾着头专注于计算的样子则忍不住要哭泣。她觉得神灵们抛弃了他，任由他成为一个柔弱的人。

“为什么你就不能多像尼姆一点呢？”她问。

尼姆成为一个大权在握的国王。

他拥有很多财富，很多奴隶。他开始修建一座巨塔。很多个早晨，多尔、爱莉和他们的孩子们从巨塔边走过。

“你小时候真的和他一起玩过？”他的一个儿子问。

多尔点点头。爱莉拉过丈夫的臂膀，说：“你们的爸爸跑得更快，爬得也更高。”

多尔笑了。“你们的妈妈才是我们这里跑得最快的。”

孩子们嬉闹着问妈妈，爸爸是不是在骗他们。“如果爸爸这样说，那肯定就是这样的，”她回答。

多尔去数有多少个奴隶在为尼姆造巨塔，但是他把发明的数字都用完了也没有数清楚。多尔心里想，他的生活和尼姆的生活是有多么的不同。

那天晚些时候，多尔在一块泥板上刻下印记，记录太阳的轨迹。当孩子们过来玩弄他的工具时，爱莉轻轻吻着他们的手指，把他们的手挪开。

历史没有这样记录，

但随着年龄的增长，多尔几乎涉猎了时间的每一种记录方法，虽然在科学史上这些发明最终都归功于别人。

在埃及人发明方尖碑很久之前，多尔已经在记录太阳投射下的阴影了。在希腊人发明滴漏计时器之前很久，多尔已经在测量水流的运动了。

他可能发明了人类的第一个日晷。他也可能发明了第一座台钟，甚至是第一部日历。

“超越了他的时代。”如果用我们现在的话来说。

多尔超越了任何人。

想一想“时间”这个词。

我们创造了那么多和时间有关的词汇。消磨时间。浪费时间。打发时间。失去时间。

过了很长时间。正是时间。没有时间。注意时间。准时。守时。节省时间。拖延时间。

和时间有关的表述是如此之多，多得就像一天里有多少分钟。

但是，人类的生活中曾经没有这个词。因为没有人计算时间。

但多尔这样做了。

然后，一切都被改变。

7

一天，他幼时的伙伴，尼姆国王来找他。那次访问发生的时候，他的孩子们已经大到能够在山坡上奔跑玩耍了。

“这是什么？”尼姆问。

他拿起一只碗。那只碗在靠近底部的地方有个洞。

“用来测量的，”多尔回答。

“不，多尔，”尼姆大笑道，“这是一个没用的碗。你看这里有个洞。倒进去的水会漏出来。”

多尔没有反驳他。他有什么资格呢？多尔在摆弄他的那些骨头和棍子的时候，尼姆则率领队伍攻打邻村，夺取财物，宣布大家必须服从他的指挥。

这次拜访不同寻常，月亮圆了缺，缺了圆，尼姆之前从来没有找过他。尼姆穿着一件看上去很显赫的羊毛袍子，袍子染成紫色，象征权力。

“你知道我们在建造的塔吧？”尼姆问。

“它无可匹敌，”多尔回答。

“那还只是个开始，我的朋友。它会带我们进天堂的。”

“为什么？”

“有了它，我们可以打败众神。”

“打败他们？”

“是的。”

“然后呢？”

尼姆骄傲地吐出一口气。“然后我将在天上统治一切。”

多尔把目光移向别处。

“加入我吧，”尼姆说。

“我？”

“你很聪明。小时候我就看出来了。你并不像别人说的那样疯狂。你的知识和那些……东西……”

他指指那些工具。

“它们会让我的塔更厉害，对吗？”

多尔耸耸肩不置可否。

“让我看看它们是如何工作的。”

那个下午，多尔解释了他的想法。

他向尼姆展示了太阳棒的阴影如何与他的标记重叠，棒上的指针又如何将一天划分成不同的部分。他摆出他的石头，演示月亮的变化。

多尔所说的，尼姆大部分都没有听懂。他摇着头，坚持说因为太阳神和月亮神不停地在打仗，所以它们会有升有降。问题的关键是谁拥有权力。一旦塔建造完成，那权力将为他所有。

多尔耐心地听着，但他无法相信尼姆能够横行云霄。他有多大的把握？

谈话快结束的时候，尼姆抓起一根太阳棒。

“这个我要带走，”他说。

“等等……”

尼姆把棒子抓紧了放在胸口。“再做一根。你到塔里来帮我的时候带上。”

多尔垂下眼睛。“我帮不了你。”

这个回答让尼姆勃然大怒。

“为什么不？”

“我有我的事情。”

尼姆放声大笑：“就是给那些碗钻洞？”

“不单单是那样。”

“我不会给你第二次机会的。”

多尔不做声。

“那随你便，”尼姆叹口气道。他走到房门口。“但你必须离开这座城市。”

“离开？”

“是的。”

“去哪里？”

“这我不关心。”尼姆一边看着太阳棒上的刻度，一边说，“走得远远的。如果你不走，我的人会强迫拉你入塔的——其他人也一样。”

他走过那些碗，举起那只有洞的，翻转过来放下，然后摇了摇头。

“我永远也不会忘记我们的童年，”尼姆说，“但是我们不会再见面了。”

8

萨拉·雷蒙没时间了。

已经是晚上七点二十五分了，她的黑色牛仔裤——最终在洗衣机里找到的——此刻正在温度调到最高挡的烘干机里旋转，不听话的头发乱糟糟的，让她恨不得把它们全给剪了。她的母亲已经又到她的房间里转了两次，后面那次她端着一杯红酒，还评论了萨拉的妆容。（“好了，妈妈，我知道了，”她是这样打发她的。）她选择了一件绛红色的 T 恤，一条黑色的牛仔裤——如果能够及时干的话——和一双黑色带跟的靴子。带跟的靴子会让她看起来瘦一些。

她要和她的男孩在一家便利商店门口见面——八点半，八点半！——或许他们会一起吃点东西，或者去什么地方。一切听他安排。到目前为止，他们只在周六早晨两个人打工的一个收容站共处过。虽然萨拉暗示了好几次他们可以出去见面，但直到上个星期他才说，“啊，好吧，那就周五吧。”

现在是周五，她觉得她激动得皮肤上都起鸡皮疙瘩了。像这样的男孩——长得超帅，又受女生欢迎——过去从来不会多看她一眼。她和他在一起的时候，希望每一分钟都能过得很慢很慢，然而，直到她能够看到他时，时间才会飞逝如电。

她看着镜子。

“唉，该死的头发！”

维克多·迪拉蒙特没时间了。

已经是晚上七点二十五分了。东海岸的办公室马上要下班了，而西海岸的还在上班。

他拿起电话，给另一个时区的人打电话。他要求接线员帮他转研究室。等待的时候，他的目光扫过书架上的书，他在脑子里默默地想：读过，从没读过，从没读过……

如果他把医生告诉他的那些仅剩的时间都用来读书，还是没有办法读完这些书。这只是一个房间。在一套房子。无法接受。他有钱。他必须做些什么。

“研究室，”一个女性的声音在电话里响起。

“喂，我是维克多。”

“迪拉蒙特先生？”她听起来有些紧张，“有什么需要我做的吗？”

他想起了格蕾丝和她订的那台轮椅。他不会就这么轻易放弃。

“我要你马上去研究一件事。把任何你可以找到的相关信息都发给我。”

“没有问题。”那个研究员敲了敲键盘。“是什么内容？”

“永生。”

9

那晚，尼姆走了之后，多尔和爱莉爬上山坡去看日落。

他们几乎每晚都去，边爬边回忆童年时代的嬉戏追逐。但是这一天，多尔沉默着。他带了几只碗和一罐水。坐下后，他告诉爱莉尼姆来访的事。听完，她哭了。

“那我们去哪里呢？”她问。“这里有我们的房子，我们的家。我们怎么活下去呢？”

多尔垂下眼睛。

“你想让我去那座塔当奴隶吗？”

“不。”

“那我们就别无选择。”

他为她擦拭眼泪。

她用手臂抱住他，把头靠在他的肩上。每天晚上她都会这样做。如此细小的爱的举动往往能够产生巨大的能量。每次，多尔都会感到心头涌起一股暖流，人好像被毛毯包裹着，他知道没有人能够像她那样爱他，理解他。他把自己的脸埋进她长长、黑黑的头发，他的鼻息只有和她在一起时才有那样的节奏。

“我会保护你的，”他承诺说。

他们坐了很长时间，注视着远方的地平线。

“看，”爱莉小声说。她喜欢日落的颜色——各色的橙，各色的粉红，各色的绛红。

多尔站起来。

“你去哪里？”爱莉问。

“我得去试试。”

“别离开我。”

但多尔还是兀自走到了一堆岩石边。他将水倒入一个小碗，把小碗盛在一个大碗里。然后，他把插在小碗的孔里的一块瓦片抽走——那个带孔的碗正是被尼姆嘲笑的——水滴出来，安静地落入大碗，一滴接一滴。

“多尔？”爱莉小声呼唤他。

他没有抬头。

“多尔？”

她将手臂绕住自己的膝盖。他们的将来会怎样呢？她在想。他们能够去哪里？她埋下头，使劲闭上眼睛。

如果有人记录下这段历史，那么这将是世界上第一个计时钟被发明出来的时刻：他的妻子孤独一人，柔声哭泣，而他则忘我地计算着那一滴一滴流出的水。

多尔和爱莉那晚留在山坡上过夜。

太阳升起时，她还在睡。他则强忍着倦意，看着黑色的天空变成深紫，然后又化成一片蓝。太阳好似金色的瞳孔，冉冉从地平线后面升起，它散发出的光芒似乎让所有的东西都变得白花花的。

明智一点的话，他或许该专注于日出的壮观景象，并为能够观赏到这一幕而庆幸。但是，多尔不是为了壮观的景象而来的，他想要的是测算它的长度。太阳出现后，他将大碗从滴水的那只碗下挪开，然后拿了一块尖利的石头，在大碗的水平线上划下刻印。

这个刻印——他推测——这点量的水——可以衡量黑夜和白天之间的长短。从现在起，没有必要祈祷太阳神的回归了。他们可以用这个水钟，看着水位线的上升，推测黎明何时到来。尼姆错了。白天和黑夜的转换并不是因为天神们的战斗。多尔用一个碗就破解了这个问题。

他将剩余的水倒掉。

上帝看到了这一幕。

10

萨拉很焦虑。

穿着还带着烘干机余温的牛仔裤，她匆匆往外奔，心里带着些许恐惧。她还记得两年前的一个夜晚，她仅有的几次和男孩约会的经历。那是一个冬季舞会。她的约会对象是数学班的一个同学。他的手黏糊糊的，呼吸里有股椒盐面包的味道。他没有送她回家，而是和朋友们离开了。她只能打电话让妈妈来接她。

这次情况不同，她对自己说。那是个古怪的男孩；而这次正儿八经是个年轻男人。他十八岁了，而且很受大家欢迎。学校里的女孩们都想和他约会。看看他的照片！他居然答应和她约会！

“你什么时候回来？”坐在沙发上的洛林问。她手中的酒杯快空了。

“今天是周五，妈妈。”

“我只是问问。”

“我不知道。行不行？”

洛林揉了揉太阳穴。“我不是你的敌人，宝贝。”

“难道我这样说了么。”

她看了看手机。她可不能迟到。

八点半！八点半！

她从门口的衣柜里拉出自己的外套。

维克多很焦虑。

他用手指敲击着桌面，等着研究部的人给他回电。格蕾丝的声音从室内对讲系统的麦克风里传来。

“亲爱的？你饿吗？”

“可能有一点。”

“给你弄点汤怎么样？”

他看向窗外。这套纽约的顶楼复式公寓是他们所拥有的五套房产之一。另外四处房产分别在加利福尼亚、夏威夷、汉普顿和伦敦市中心。自从他被确诊得了癌症之后，他还没有去过那四个家。

“那就来点汤吧。”

“我拿进来。”

“谢谢。”

自从他得病之后，她对他更温柔，更甜蜜，更耐心了。他们结婚有四十四年了。过去的十年中，他们之间的关系更像是室友。

维克多拿起电话想打给研究部，问问进展。但格蕾丝端着汤走了进来，他放下电话。

11

多尔和爱莉把他们少得可怜的家当装上一辆驴车，驶向高原。

他们决定把孩子留给多尔的父母，这样更安全些。爱莉的心都要碎了。她两次让多尔掉转车头，好让她再和他们拥抱一次。他们的大女儿问：“从现在开始我就变成妈妈了吗？”爱莉几乎崩溃，哭泣不止。

他们的新家很小，是用芦苇杆搭起来的，挡不了大风大雨。周围没有任何其他人家，夫妻两人相依为命。他们尽可能地去种一些作物，还养了几头绵羊和一头公羊，常常要跋山涉水地去大河里取水，然后省着用。

多尔还在计算，骨片，棍子，太阳，月亮和星星，都是他的计算工具。爱莉变得沉默寡言。一个夜晚，多尔看见她抱着曾是儿子襁褓的那条毯子，盯着天花板发呆。

多尔的父亲偶尔会来探访他们，给他们带些食物——那是在多尔的母亲的坚持下——每次来，他都会谈论起尼姆的塔：

塔有多高了，塔砖是杉木做的，黏土浆是用西奈[①]的泉水调和的。

尼姆已经爬到过塔顶，并向天空射出了一支箭。他声称箭落下的时候顶端带着血。人们向他叩拜，相信他让天上的神灵们受了伤。很快他和他最好的勇士们将穿过云霄，打败可能遇见的任何东西，然后在天上统治世界。

“他是一个伟大、强悍的国王，”多尔的父亲说。

多尔垂下眼睛。他们因尼姆而被放逐。他们因尼姆而不能每天早晨抱一抱他们的孩子。他想起孩童时代，他和尼姆、爱莉在山坡上追逐。对他而言，尼姆只是一个普通人，甚至只是一个男孩，一个总是想着要成为最厉害的人的男孩。

“谢谢你给我们带来了食物，爸爸，”多尔是这样回应的。

---

① 西奈：《圣经》中出现的一个地名，位于美索不达米亚平原。

12

“多尔，有客人。”

爱莉站起来。一对老夫妻向他们的茅棚走来。他们被放逐后，月亮已经变换了很多回——如果按我们的日历来计算，三年多过去了——爱莉看到任何来客都非常欣喜。她招呼那对夫妻，给他们提供食物和水，尽管他们自己并没有多少可以拿出来分享。

多尔对于妻子的慷慨很是自豪。但他对这两位访客却有些额外的担心，因为他们看起来很不好：眼睛红肿，流着眼泪，皮肤上有黑色的斑块。在只有他和爱莉两个人的时候，他警告她说，“不要碰他们。我害怕他们病了。”

“他们又孤独、又可怜，”她抗议说。“没有任何人能帮他们。我们想要别人对我们仁慈，我们就应该对他们仁慈。”

爱莉为这两个访客端出大麦饼、大麦糊和仅存的一点羊奶。她听他们讲述了他们的故事。原来，他们也是被驱逐出村庄的，因为村里人害怕他们身上的黑斑预示着一种诅咒。他们现在居无定所，靠一顶羊皮做的帐篷露宿。他们到处寻找吃的，等待着死亡的到来。

老妇人边哭边讲。爱莉同她一起哭了。她知道当这个世界容不下你的时候，那是一种什么滋味。她为那个老妇人拿起杯子，喂她喝水。

“谢谢你，”老妇人啜泣道。

“喝吧，”爱莉说。

“你太善良了……”

她伸出手拥抱爱莉，满是皱纹的手在颤抖。爱莉斜过身子，用自己的脸颊擦了擦老妇人的脸。她感觉到她的泪水中混进了老妇人的泪水。

他们走的时候，爱莉塞给那个老妇人一个皮包袱，里面装着他们仅存的一些大麦饼。多尔查看了一下他的水钟碗，离太阳下山还有一个指甲的长度。

13

人类在计算年之前，先学会计算天。

在天的概念出现之前，人类通过观测月亮的变化来计算时间。多尔在被放逐期间，一直追踪着月亮的变化——满月、半月、四分之一个月亮、没有月亮。和每天看起来都一样的太阳不同，变换的月亮让多尔有了可以观测、计算的依据，他在泥土板上凿洞，记录下这些变化，直到发现其中的规律。这个规律就是后来希腊人所称的“月份”。

每个满月的日子，他都用一块石头来代表。而每块石头之间月亮盈缺的变化，他则在板上用凿刻的符号来记录。就这样，他发明了人类的第一部日历。

从此以后，他所过的每一个日子都是有迹可查的。

在刻到第三块石头之后的第五个刻印时，他听到了爱莉的咳嗽声。

很快，她咳得越来越厉害，咳嗽让她的身体像要被慢慢炸开。她常常咳得站不直身子。

一开始，她还努力正常过日子，在茅草棚里打理两个人的日常饮食起居。但她变得越来越虚弱。一天，在准备伙食的时候，她倒下了。在多尔的坚持下，她在一块毯子上躺下。豆大的汗珠从她的太阳穴里渗出来。她的眼睛又红又湿。多尔注意到她的脖子处出现了一块黑斑。

“我们该怎么办呢？”爱莉问。

多尔用毯子擦拭她的额头。他知道他应该去找一位阿苏（即药师），他能给爱莉配些草根或药膏。但市镇离他们很远。他怎能抛下她独自一人呢？两人独自在这高原上，别无选择。

“睡吧，”多尔向她耳语到，“你很快就会好的。”

爱莉点点头，闭上眼睛。她没有看到多尔强忍着没有滴下来的眼泪。

14

萨拉对时间说："走慢点。"

她快速走出家门，来到街头，脑海里想的全是那个一头棕发的男孩。她幻想着两人见了面，他出其不意地尽情拥吻她。

回头看看，她注意到母亲的卧室里亮起了灯。她加快脚步。妈妈完全有可能在此时打开窗户，冲着她大喊大叫，让整个街坊的人都听到。和很多同龄的女孩一样，她觉得自己的妈妈非常让人尴尬。妈妈太啰嗦，化妆太浓，而且永远在批评她——不要一副懒懒散散的样子，好好梳梳你的头发——如果不是在批判她，她就是在向自己的朋友抱怨萨拉的父亲，虽然父亲都已经不在这个州居住了。*汤姆这样了，那样了。汤姆忘记那个了。汤姆又没有准时寄支票来。*萨拉曾经和母亲关系很亲近，但最近一段时间以来却越来越疏离。她们各自都觉得对方难以理解。萨拉不愿和洛林谈男孩的事情；其实，到目前为止，能够谈的也不多。

八点半，八点半！

她听到了手机响。

她从外衣口袋掏出手机。

维克多对时间说："走快点。"

已经一个小时了，他习惯于立马得到答案。对他而言，此刻正在发生的只剩下时间的流逝。他的书桌上有台座钟。他的电脑屏幕上显示着一秒一秒的流逝。他的手机、固定电话、打印机和 DVD 放映机上都有时间显示。墙上有一个能同时显示三个时区时间的钟——纽约、伦敦和北京——他拥有的一家公司在这三个城市设有办公室。

统统加起来，他的书房里共有九个显示时间的设备。

电话响了。终于。他拿起电话。

"喂？"

"我现在发传真过来。"

"好的。"

他挂上电话。格蕾丝走进来。

"谁的电话？"

他撒了一个谎。"是明天会议的事情。"

"你必须要去？"

"为什么不呢？"

“我只是觉得……”

她打住了，点点头，拿起桌上的碗向厨房走去。

传真机响了，维克多走过去，机器里慢慢地吐出一张张纸来。

15

多尔躺在妻子身边的泥地上。天上繁星点点。

她已经好几天没有吃东西了。她浑身出汗，那沉重的呼吸让多尔心焦。

请不要离我而去，他想。他无法忍受没有爱莉的世界。他意识到自己有多依赖她，从清晨到黑夜。和他讲话的人只有她，而他只会微笑。她为两个人准备食物，食物不多，她总让他先吃，而他则常常坚持让她先吃。日落的时候，他们倚靠在各自身上。睡觉的时候，他抱着她，他感觉那是他唯一活得像个人样子的地方。

他的生命中只有两样东西，计时和她。从他有记忆起，他的世界就是这样的。多尔和爱莉，从小就注定在一起。

“我不想死，”她轻声说。

“你不会死的。”

“我想和你在一起。”

“我们在一起。”

她咳出一口血。他为她擦拭干净。

“多尔？”

“亲爱的？”

“请众神帮帮我们吧。”

多尔按她的请求做了。他彻夜未眠。

他祈祷，他以前从来没有这样祈祷过。过去，他的信仰是测量和数字。但现在，他向最高的神灵们祈求——那些掌管太阳和月亮的神灵——让一切都停下来，让世界保持黑暗，让他的水钟溢出来。如果能够这样，多尔就有时间去找阿苏，治疗他最心爱的人。

他的身体前后摆动。他不停地反复呢喃：“求你了，求你了，求你了，求你了，求你了……”他使劲闭上眼睛，好像这能让他的祈祷更纯净。但是，只要他让他的眼皮稍有松动，就能看到他害怕的景象，那是地平线上色彩的变化。他看到他的计时碗里的水线快要触碰到代表日出的那根线了。他看到了自己的计量是完全正确的，他痛恨他的正确性，他痛恨他所掌握的知识，他痛恨让他失望的众神们。

他在妻子的身边跪下，此时她的头发和脸都浸湿在了汗水中。他俯下身，用自己的皮肤贴住她的皮肤，脸颊对着脸颊，两个人的眼泪流成了一股，他低声呼唤："我不要你再受苦了。我要结束这一切。"

太阳升起的时候，他再也弄不醒她。

他揉搓着她的肩膀，拍打她的下巴。

"爱莉，"他低低地呼唤她。"爱莉……我的妻子……张开你的眼睛吧。"

她一动不动，头耷拉在毯子上，呼吸极其微弱。多尔觉得一股怒气冲出身体，那原始的吼叫像是从脚底而起，涌向肺部，然后从喉咙里一下子释放出来。

"啊，啊……"

他的嚎哭声在空荡荡的高原上空飘荡。

他站了起来，慢慢的，神志恍惚。

他跑了出去。

他跑了一整个早晨、一整个中午。他的肺像要炸开了，最后，他看见了它。

尼姆的塔。

它高高地屹立着；顶端已然高耸入云海。多尔朝着塔的方向冲去，心里存留着最后一丝希望。他观察过时间，记录下时间，测量过时间，分析过时间，现在他一门心思想要去一个可以改变时间的地方。

天堂。

他要爬上塔，改变神灵们的规则。

他要让时间静止。

这是一个梯田式的金字塔形建筑，它向上的楼梯是为了尼姆的荣耀、尼姆的攀登而建造的。

所以没有人敢擅自踏上一步。有些人经过的时候甚至会低下头。

所以，当多尔接近塔底时，好几个守卫塔的奴隶朝他看了看，没有人想到他要做什么事。在他们还没有反应过来之前，多尔已经站在了国王专用的楼梯上，并且飞快地往上攀爬。那些人看着他，糊涂了。这个人是谁？他是属于谁的奴隶？他们开始互相叫喊着，寻找问题的答案。有好几个人放下了手中的工具和砖块。

很快，有几个奴隶也开始爬梯子，他们以为登天堂的比赛开始了。守卫们也跟了上来。塔基附近的人们也跟了上来。对于权力的欲望是一件非常容易被点燃、传播的事情。没过多久，几千人环绕着塔的四周，奋力向上攀爬。你可以听到人们的吼叫声，那是暴民们的吼叫，他们要夺取并不属于他们的东西。

接下来发生了什么是一件尚存争议的事情。

根据历史记载，巴别塔要么被毁了，要么被遗弃了。但后来成为“时间之父”的人可以告诉我们另一个版本的故事，因为他的命运正是在那一天被改变的。

随着越来越多的人攀爬，整座塔开始晃动。砖块变得红通通的，像要被融化了。一声巨雷在空中炸响——塔的底部轰然倒塌，顶部着火，而中间部分则悬在半空，没有人见过这样的景象。那些想要达到天堂的人们被甩了出去，好像雪花被风从树枝上吹落。

整个过程中，多尔依旧忘我地向上攀爬，直到他成为梯子上唯一一个还没有被甩出去的人。他爬过了晕眩，爬过了痛苦，他不再感觉腿疼，也不再感觉胸腔发紧。他一步一步往上爬，那些掉下去的身体在他四周打转。他的眼角瞥到了胳膊，胳膊肘，脚，头发。

那一天，成百上千的人从塔上掉下来，掉下去的人们开始使用各种不同的语言。尼姆还没来得及再向着天空射出一箭，他的计划就彻底失败了。

只有一个人穿过了迷雾，好似有人拉着他的胳膊让他升腾而起，到了一个幽深黑暗、前无古人后无来者的地方。

16

这很快就要发生了。

一个海浪扑过来，冲浪板上的男孩迎着浪头随海水在空中升起。他的脚趾紧贴着冲浪板，冲进了海浪的漩涡中。

海浪突然凝固不动了。那个男孩也是。

这很快就要发生了。

一个理发师拉起一束头发，张开剪刀，用力一剪。剪刀碰触发丝，发出轻微的摩擦声。

掉落的头发停在了半空。

这很快就要发生了。

在德国杜塞尔多夫，许腾斯特拉斯附近的一个博物馆里，一个警卫注意到一位外表古怪的游客。他很瘦，头发很长。他走进一个古钟展览会，打开一个玻璃柜。

“不，请……”警卫摇着手，赶紧上前去警告那个游客，但他突然感觉自己进入一种放松状态，脑子模模糊糊的，不知道在想什么。他觉得自己看到那个古怪的男人把所有的钟都从玻璃柜里拿出来，研究一番，拆开来，然后再原样装好，这样的过程恐怕得花好几周才能完成。

等他回过神，说完刚才说了一半的话：“不要动。”

访客已经不见了。

洞 穴

17

多尔在一个洞穴中醒来。

虽然没有光亮，但他还能够勉强看清周围。他的脚下是高低不平的岩石，头顶上参差不齐的钟乳石倒挂下来。

他摩挲着自己的手腕和膝盖。他还活着吗？他是怎么到这个山洞里的？爬塔的时候，他浑身疼痛，但现在却全没有感觉。他的呼吸也不再急促。甚而，他摸了摸自己的胸膛，几乎无法感觉自己的呼吸。

这个洞穴是不是众神们居住的地方，他想。他又想到了那些从塔上掉下去的人，想到了塔的垮塌，想到了他对爱莉许下的诺言——我再也不让你受罪了——他跪了下来。他失败了。他没能让时间倒转。为什么抛下她？为什么要跑开？

他把脸埋在自己的手掌之间，哭了。他的眼泪从指缝间落下，染湿了脚下的岩石，让岩石发出一种阴森的蓝。

多尔不知道哭了有多久。

再次抬起眼睛的时候，他看到有个人坐在他面前——那个他小时候见过的老人。他的下巴搁在一根金色的权杖上。他看多尔的神情，像一个父亲看睡梦中的儿子。

“你追寻的是权力吗？”老人问。多尔从没有听过那样温和、轻柔、纯粹的声音。

多尔低声回说：“我要的，不过是让太阳和月亮停下来。”

老人回答：“那，难道不是一种权力吗？”

他戳了戳多尔的草鞋，草绳散开，多尔光着脚。

“你是至上的神吗？”多尔问。

“我不过是他的仆人罢了。”

“这是死亡吗？”

“你被免于一死。”

“那在这里等死？”

“不，在这个洞里，你一点都不会变老。”

多尔环顾四周，感到羞愧：“我不值得获得这样的奖赏。”

“这不是奖赏，”老人说。

他站起来，握着他的权杖。

“你在地球上的时候做了一些事情。这些事情改变了所有人的生活。”

多尔摇了摇头。“你搞错了。我不过是个卑微的小人物。”

“人类已经认识到自己的力量，”老人说。

他用权杖敲了敲地面。多尔眨了眨眼，他所有的那些仪器和工具：杯子，棍子，石块，石板，都出现在了他眼前。

“你是不是送走了其中一样？”

多尔想到了那根太阳棒。

“有一样被拿走了。”

“现在很多人在用这样的棍子。一旦开了个头，这欲望就无休无止，成为一种你无法想像的力量。”

“人类很快就要计算清楚每一天的长短了，然后是每一天的每个部分，然后是每个部分的每个部分——直到无法再分割，他们被赐予的神奇世界将不复存在。”

他又敲了敲权杖。多尔的那些工具尽数化为尘土。

老人眯缝起眼睛。

“为什么你要去测量白天和黑夜呢？”

多尔把眼光从老人身上移开。“为了要知道，”他回答。

“知道？”

“是的。”

“那你知道什么呢……”老人问，“关于时间？”

“时间？”

多尔摇了摇头。在此之前，他连这个词都没有听说过，所以这个问题让他无从回答。

老人伸出一根瘦骨嶙峋的手指，画了一个圈。多尔先前流出的那些眼泪在岩石上留下的泪痕聚集在一起，在石头地上形成了一个蓝色的小圆圈。

老人说：“那你就学习你想学习的知识吧。你会懂得时间的意义的。”

“我该怎么做？”多尔问道。

“听听由此而产生的痛苦吧。”

老人把手指放在那个蓝色小圆圈上。泪痕变成了一个小水池，发出幽暗的光芒。一小股烟雾从池面上升腾而起。

多尔看着这些变化，目瞪口呆。他只想要回爱莉，但爱莉走了。他几乎无法发出声音。“求你了，让我去死吧。我不想再活下去了。”

老人站起来。“生命的长短你自己无法掌控。你很快会理解这一点。”

老人双手合十，缩成男孩般大小，继而变成婴儿般大小，随后像一只蜜蜂那样飞走了。

“等等，”多尔叫了起来。“我会被关多久？你什么时候回来？”

缩小了的老人飞到了洞顶，然后从岩石间的一个空隙飞了出去。一滴水从那个空隙里滴落下来。

“当天堂和世界相遇的时候，”他回答。

然后，踪影皆无。

18

萨拉·雷蒙确实擅长科学，

但这有什么用呢？她常常自问。在高中受人欢迎的关键——主要基于你的长相——而萨拉，虽然生物考试可以轻松拿下，但她并不喜欢镜子里看到的自己，而且她觉得别人也是这么想的：棕褐色的眼睛，分得太开，头发干干、卷卷的，牙齿太过分开，父母离异后她胖了许多，之后一直肉乎乎的。她的胸脯发育得不错，但同时她的屁股也很大，她自己这么觉得。母亲的一个朋友曾说她“长大了会挺有吸引力的，”但她并没有把这话当成赞美来听。

萨拉·雷蒙十七岁了，这是她高中的最后一年，大多数同学们要么认为她很聪明，要么认为她很古怪，或者两者兼有。上课的内容对她来说没有什么挑战性。她常常选择坐在窗边，方便打发无聊的上课时间。上课时，她常常在笔记本上涂鸦，画着孩子气的自画像，同时用手肘挡住别人的目光。

她总是独自一人吃午饭，独自一人回家，晚上则基本和妈妈待在家里。如果妈妈和她那伙吵吵闹闹的女伴们，也就是她称之为的“离婚俱乐部”，有活动安排，她就一个人坐在电脑前吃晚饭。

在班里她的学习成绩排名第三，她已经开始申请附近一所州立大学提前录取的名额，这所大学也是洛林唯一能够负担得起的大学。

就是因为这个申请，她结识了那个男孩。

他叫伊森，

高高瘦瘦的，有一头浓密的咖啡色头发，眼神有些飘忽不定。他也是高三学生，人缘不错，总是被很多男女同学包围。伊森是田径队跑步的。同时还是乐队成员。在高中生的圈子里，按说他们两个人的轨道永远不会相遇。

但每周六，伊森会去一个流浪人员收容站打工，帮忙给运送食品的货车卸货——萨拉正巧也在这家收容站当志愿者。她申请的大学要求交一篇文章，讲述“一次有意义的社区活动。”她没有参加过任何社区公益活动。为了诚实地完成这篇文章，她申请在这家收容站做义工。收容站爽快地接受了她的申请。做义工的时候，她大多数时间都待在厨房里，帮忙往塑料碗里装燕麦粥，因为直接和那些无家可归的流浪汉相处让她感觉不舒服。（像她这样一个中产阶级家庭出生，生活在郊区的女孩，穿的是鸭绒外套，用的是苹果手机。除了说“对不起”，她完全无法和他们沟通。）

但是出现了伊森。第一天做义工的时候，她就注意到了站在卡车旁的他——伊森的叔叔拥有这家食品公司——他也注意到了她，因为她是那里唯一和他年龄相仿的人。他把食品搬到厨房的时候，和她打招呼：“嗨，怎么样？”

像对待一件宝贵的礼物，她把这句话在脑海里珍藏起来。“嗨，怎么样？”那是他对她说的第一句话。现在，每个星期他们都能聊上几句。一次，她从橱里拿了一包花生饼干递给他，他回答：“我可不想抢这些人的食物。”她觉得他太可爱了，而且很高尚。

像许多怀春的女孩一样，萨拉开始觉得伊森就是她命里注定要遇见的那个人。在收容站里，学校里谁和谁能说话、谁和谁不说话的那些潜规则不再起作用，她更自信了，腰板也更直了。她不再喜欢那些松松垮垮、印着口号的T恤，而偏爱起那些领口开得低低的、更显身材的衣服。有几次伊森看到她，调侃说：“今天看起来不错啊，柠檬……汁[①]。”这让她脸红。

---

① “柠檬……汁”：这个绰号取自萨拉·雷蒙的姓——雷蒙（Lemon）。英文中该词是柠檬的意思。

几周之后，她越来越认为他对她也有相同的感觉，

她开始相信，他们俩的相遇，不是一次偶然。她读过一些关于命运的书籍，比如说伏尔泰的《查第格》[1]，甚至是《炼金术士》[2]这样的书。她开始认为她生活里发生这一切也都是命运的安排。上个星期，她鼓起勇气问伊森是不是可以一起出去玩，他回答说，“嗯，好吧，要么周五？”

现在就是周五。八点半，八点半！她努力让自己平静下来。她知道她不应该为了一个男孩而神魂颠倒。但伊森除外。伊森打破了她的一切规则。

穿着绛红色的T恤、黑色的牛仔裤和高跟鞋，在离他们约定的地点，那个对她来说即将发生重大人生转折事件的地点，还差两个街口的时候，她的手机响了，滴滴滴，有短信。

她的心就要跳出来了。

短信是他发的。

---

① 《查第格》：法国启蒙文学家伏尔泰所著的中篇小说，写于一七四七年。它以古代的东方为背景，富有神话色彩和异国情调。作者通过主人公曲折非凡的境遇，将许多故事连缀起来，给读者展现出一个似真似假、虚实交融的奇异世界。

② 《炼金术士》：该书的英文全名为 The Alchemist: A Fable About Following Your Dream（《炼金术士：一个有关追随你的梦想的寓言》）。中译本又名“牧羊少年奇幻之旅”。在书中，炼金术士既是一个真实的角色，也是引导人实现“天命”的神的一个面目。

19

据某财经杂志的排名，维克多·迪拉蒙特在世界富人排行榜上位列第十四。

那篇报道配有他的照片：手托下巴，脸颊微微抬起，红润的脸上挂着沉思中的微笑。文章说这个“眉毛浓密、行事低调的对冲基金大亨”出生在法国，是家中的独子，赤手空拳在美国闯出一番天下，谱写了一个移民从穷光蛋变身富豪的真实故事。

但因为他拒绝了杂志的采访（维克多对任何形式的曝光都避之不及），所以文章并没有提及他的童年往事，比如说：维克多九岁的时候，他的父亲，一个水管工，在海边小旅馆发生的打斗中被人捅死。几天后，他母亲穿着一件奶油色的睡衣，从一座桥上跳了下去。

一个星期不到，维克多变成了父母双亡的孤儿。

他被送上了一艘驶往美国的船，去投靠他的叔叔。大家都觉得这安排不错，那个国家至少可以给他一个全新的开始。维克多后来把他的金融理念归功于那次海上航行。在旅程中，他带的那包食物——祖母为他准备的三个面包、四个苹果、六个土豆——被一群捣蛋的男孩们扔到了海里。他为这些食物的丢失哭了一整夜，这让他学到了珍贵的一课：执着于拥有某种事物，其结果“只会让你伤心”。

所以，他不眷恋所拥有的东西，这个理念让他的钱包越来越鼓。还在布鲁克林读高中生的时候，他就用暑期打工赚的钱买了两台弹球游戏机，放在酒吧里赚钱。八个月后，他把弹球机卖了，加上盈利，换来三台自动糖果贩售机。之后他又卖了糖果机，买进五台香烟贩售机。他不停地买进、卖出，再投资，等大学毕业的时候，他已经拥有了一个贩售机公司。很快，他买了一个加油站，这门生意又把他带进了石油生意，在无数个恰当的时机收购了几个炼油厂，这让他的财富完全超出了他这辈子所需要的花费。

挣来的钱，十万美金给了抚养他长大的美国叔叔，其他的他都用来再投资。他收购了汽车行、房产公司，最后是银行：先是威斯康星州的一家小银行，然后扩展成几家。他的资产遍布各行各业，因此他成立了一个基金公司，吸引了众多看好他的商业帝国的投资客。不出几年的工夫，他的公司成了世界上最值钱的——也是最吸引投资者的——基金公司。

一九六五年，他在一部电梯里遇见了格蕾丝。

当时，维克多四十岁，格蕾丝三十一岁。她是他公司里的会计。那天她穿着一件低调的印花裙，白色的针织外套，颈上戴着珍珠项链，淡金色的头发扎成马尾辫。很漂亮，也很实际。维克多喜欢这样的风格。电梯门关上时他朝她点头打招呼，她垂下眼睛，和老板在这么狭小的空间里相遇让她感觉很窘迫。

他通过公司内部的邮件系统约她出去。他们去了一家私人俱乐部吃晚饭。两人一谈就是几个小时。维克多得知格蕾丝高中一毕业就结婚了。但她的丈夫在越战中阵亡了。她把自己全身心地投入到工作中。维克多完全能够理解那种感受。

然后，他们坐上了一辆加长豪华轿车。他们步行穿过桥洞。他们的第一个吻发生在河边的一个长椅上，对岸就是布鲁克林。

电梯相遇的十个月后，他们邀请了四百名宾客，举办了结婚典礼，宾客中二十六位是格蕾丝的亲朋好友，其他全都是维克多的生意伙伴。

刚开始的时候，他们在一起的时间很多——打网球，去博物馆，去棕榈海滩、布宜诺斯艾利斯和罗马旅游。但随着维克多的生意越做越大，他们在一起的时间就越来越少。他开始独自出行，在飞机上工作，到了目的地还是工作、工作。他们放弃了打网球。去博物馆的次数也越来越少。他们没有孩子。格蕾丝对此很是遗憾。多年来她一直因此事而耿耿于怀。这也是两人之间话越来越少的缘故之一。

随着时间的流淌，他们的婚姻像是覆水难收，格蕾丝总是责备维克多脾气急躁，喜欢纠正别人，吃饭的时候自顾自看报读书，在任何场合下都会接和生意有关的电话。他则讨厌她总是在抱怨，去任何地方都要花很长时间准备，害得他不停地看手表。早上他们一起喝咖啡，晚上偶尔一起去某个餐厅，但是，一年一年过去，财富像骰子一样在他们周围越堆越高——多处房产，私人飞机——他们在一起的生活更像是不得不尽的义务。妻子扮演妻子的角色，丈夫扮演丈夫的角色。直到最近，特别对维克多来说，所有这些问题都不再是问题了，现在只剩下一个问题。

死亡。

如何去避免死亡。

八十六岁生日过后的第四天，在纽约一家医院的癌症专家办公室里，

维克多被确诊肝附近长有一个高尔夫球大小的肿瘤。

维克多研究了所有可能的治疗手段。因为担心健康影响他的成功，所以在治病这个问题上他完全不吝惜金钱。他乘飞机去看专家，雇用了各种各样的健康顾问。尽管如此，一年过去了，治疗效果却不怎么样。这天早上他和格蕾丝去见了一位最顶级的专家。格蕾丝想要问那个专家一个问题，却哽咽了。

“格蕾丝想要问的是……我还剩下多少时间？”

“乐观一点的估计，是几个月，”医生回答。

死亡离他越来越近。

但死亡最终还是以一种出乎意料的方式找到了他。

20

第一个传来的声音说：“再多一点时间”。

“是谁？”多尔叫着问。

老人离开后，他一直企图逃离洞穴。他搜寻可能的出口，不断敲打由喀斯特熔岩构成的四壁。他还试图跳到那个泪水池里，但一股气流阻挡着他掉进去，好像有无数人在下面向上吹气。

现在，池里传来一个声音。

“再长一点，”那个声音说。

他看到池面上有一缕小小的白烟升起，水面上泛起蓝绿色的光芒。

“你出来！”

没有任何动静。

“回答我！”

然后，突然，那个声音又出现了。只是一个简单的词组。

很软，很轻，几乎听不清楚，好像是从洞外飘进来的祈祷声。

“再长一点。”

“长什么呢？”多尔有些不明白。他蹲下来，注视着荧荧发光的水潭，感到绝望。陷入了孤独的他开始寻求和他人交流。

终于，第二个声音，一个女性的声音，出现了。那个声音说，“长一点。”

第三个声音是一个小男孩的，他说的是同样的话。第四个声音——声音和声音之间的间隔越来越短——提到了太阳。第五个提到了月亮。第六个声音是低低的耳语，不停地重复着“多一点，多一点，”第七个声音说的是“再多一天，”第八个声音则在恳求：“再来一次，再来一次。”

多尔揉着他的胡子，他的胡子已经长得又长又乱了，头发也是如此。尽管被独自囚禁，他的身体状况却似乎没有问题：他不需要吃东西，也不需要睡觉。他可以自由地在洞穴里走动，或者触摸通过岩石壁上的缝隙慢慢渗进来的水。

但是他无法逃离那个发光的水潭中发出的声音——索取，不停地索取，再多点白天、夜晚、太阳、月亮，再多点小时、月、年。就算用手把耳朵捂起来，他还是一样可以清楚地听见那些声音。

就这样，不知不觉中，多尔开始了他的刑期——

也就是听世界上每一颗心灵所发出的，和他首先发现的那个东西有关的愿望，那个让人类的简单生存不复存在，那个让人掉入万劫不复的欲望深渊的东西。

时间。

这个世界上的每一个人，除了他，都觉得这样东西不够用。

21

萨拉看到伊森发给她的短信。

她的心一沉。

“能改下周见吗？今晚还有其他事。收容所见，OK？”

她的膝盖发软，像断了线的牵线木偶。她的内心在尖叫，“不！不能下个星期。现在就见面！答应好了的！我都化好了妆！”

她希望能让他改主意。但是，她必须回他短信，如果她迟迟没有反应，他可能会察觉出她生气了。

她没说不，而是说：“没问题。”

她还加了一句：“收容所见。”

结尾还写到：“玩得开心。”

她按下发送键，并注意到此时是八点二十二分。

她靠在路边一根交通信号杆上，努力告诉自己这不是她的错，他临时改变主意不是因为她太古怪了，或是她太胖了，也不是因为她太啰嗦，这些都不是原因。他只是临时有事情。这种情况常常发生，不是吗?

“现在该怎么办呢？”她思索着。这个夜晚成了一个空洞。她不能现在就回家。至少在妈妈睡着前不能回家。她无法向她解释为什么她穿着高跟鞋，盛装打扮，出去了五分钟就回家了。

她走进附近的一家咖啡店，给自己买了一杯巧克力玛奇朵咖啡，一个肉桂卷。她坐在黑暗中。

“八点二十二分？算了吧！”她对自己说。

内心深处，她已经开始盼着下周的到来了。

22

维克多总能看到问题所在，找出漏洞，解决问题。

公司业绩下降，市场放开，股市波动。所有这些问题后面都隐藏着关键所在。只是别人没有看到。

对于死亡，他也采取了同样的策略。

首先，他用传统的手段去和癌症抗争——手术，放疗，以及导致他身体虚弱、呕吐不断的化疗。虽然这些治疗起到了抑制肿瘤的作用，但对肝脏本身也造成了极大的伤害，使他一周必须接受三次透析治疗。他能把这个过程忍受下来，是因为他让首席助手罗杰全程跟着他，随时汇报、记录，使他依旧能够实时掌控公司业务。工作日的每一分钟，他都拒绝不工作。他不停地看手表——“我们走吧，我们走吧。”他嘴里总是这样嘟哝。他痛恨被牵制在医院里。身上插满了连着机器的管子，清除血液里的垃圾？像他这样的人怎么会陷于这样的处境呢？

他忍着，直到忍无可忍。维克多善于看到问题的底线，经过一年的治疗之后，他知道了底线所在：

这样下去，他是赢不了的。

传统的治疗没有用。那么多人已经尝试过了。期待奇迹发生，这不是一个好赌注。

而维克多从来不下坏赌注。

所以，他将注意力从疾病转移到了时间上——所剩下的时间越来越少——这才是真正的问题之所在。

和其他拥有巨大权力的男人一样，维克多无法想像没有他的世界。他几乎感觉他有义务继续活下去。癌症不过是一块绊脚石，真正的阻碍在于人类必死的命运。

他该如何解决这个问题呢？

针对他所提出的“永生”的研究，一个西海岸办公室的研究员给他传来了一些关于人体冷冻法的资料，在这些资料中，他看到了一点希望。

人体冷冻法。

为了将来的复活而将人体冷冻起来。

把自己给冷冻起来。

维克多读着这些资料，几个月来第一次有了满意的感觉。

他可能无法战胜死亡。

但或许，他可以让自己在死亡之后依旧存在。

23

那个声音池里的水源自于多尔的眼泪。

但他只是第一个哭的人。随着人类开始执着于时间这个概念，失去时间的懊恼成为人类心灵上一个永恒的窟窿。人们因被时间带走的机会而懊恼，为没有效率的工作而焦虑；他们总是在为自己能够活多长而烦恼，因为计算我们活着的时间，不可避免地让我们直面生命的终点。

很快，在每一个国家，每一种语言里，时间都成了最宝贵的商品。而对于时间的渴望，在多尔的洞穴里成了一曲永无休止的合唱。

时间再多一点。一个女儿握着生病的母亲的手说。一个骑马人追赶着落日。一个农夫赶着时间收获农作物。一个学生面对着一堆试卷。

再多一点时间。一个宿醉未醒的男人摔打着闹钟。一个精疲力竭的白领面对着一堆待处理的报告。一个钻进汽车盖检查机器的工人，边上是不耐烦的客人。

再多一点时间。这声音让多尔的生活不堪忍受，是他所听到的全部，像成群的小虫一样包围着他，每日里在他的耳边……尽管他生活在人世的时候，世界还只有一种语言，但是他在这个洞里已经被赋予了能够听懂人类所有语言的能力，通过听到的声音，他可以感觉到地球已经变成了一个非常拥挤的地方，而且人类所做的事情已经远远超出了狩猎和修筑房子；人类工作，旅行，打仗，绝望。

人类永远没有足够的时间。他们总是在乞求上苍能给他们更多时间。对于时间的欲望是无休无止的。对于时间的请求永远没有停止过。

慢慢地，多尔渐渐为先前的痴迷而后悔。

他不明白这样慢慢折磨他，背后的意义何在，他诅咒着他用手指计算出来的一天又一天，他诅咒那些碗和太阳棒，他诅咒所有他不能和爱莉在一起，听着她的声音，把头靠着她的身体的时刻。

最主要的，他诅咒这样一个事实：其他的人类都可以顺应命运的安排死去，而他，显然只能永远地活下去。

间 奏

24

第二天早晨萨拉见到伊森，装出无所谓的样子。

至少她努力这样表现。他穿着连帽衫、破洞牛仔裤和耐克鞋。他把几箱意大利面和苹果汁搬进了厨房。

“怎么样，柠檬……汁？”

“没怎么样，”她一边盛燕麦粥，一边回答。

他在开箱子，她偷偷瞄了他几眼，希望发现他取消约会的缘由。她很希望他能主动提及此事——她当然是不会先提这件事的——但他还是像往常一样干练地拆箱卸货，像往常一样哼着摇滚歌曲。

“这首歌很棒，”她说。

“耶，没错。”

他继续哼着歌。

“昨天晚上到底发生了什么事？”

哦，上帝。她还是没有屏牢，她说了什么呀？太傻了，太傻了！

“我的意思是，没关系的，”她努力弥补。

“耶，很抱歉我没有能……”

“算了吧……”

“时间不巧……”

“别说了，挺酷的。”

“酷。”

他把空的大箱子踩扁，扔进大垃圾桶里。

“你真的没介意，”他宣布。

“当然啦。”

“那下周见，柠檬……汁。”

和平时一样，他双手插进口袋，轻轻快快地走了。就这样？她在想。他说的下周是什么意思？下周五晚上？还是下周六早上？她为什么不问他呢？为什么总要她开口？

一个戴顶蓝色帽子的无家可归者来到窗口取麦片粥。

“能多给点香蕉吗？”

萨拉把他的碗装满——每星期他都这样问——他说了声“谢谢你”，她嘟囔了一句“没问题”，然后抓起一块厨房纸巾，擦伊森从纸箱里取出的最后一瓶苹果汁；瓶盖有些松了，苹果汁洒得到处都是。

25

“就在那里面？”维克多指着一个机器问。

“是的，”杰德回答。他是这家人体冷冻公司的负责人。

维克多看到一个巨大的玻璃纤维圆筒。筒扁扁圆圆的，差不多有十二英尺高，呈现出一种积了数天的雪的颜色。

“每个筒里可以装几个人？”

“六个。”

“现在里面有人？”

“是的。”

“他们是怎么……躺的？”

“背朝上。”

“为什么？”

“以防万一，防止头部附近有状况发生。最重要的是保护好头部。”

维克多抓紧拐杖，努力掩饰自己的情绪。对他这样一个惯于出入豪华大堂，挑空双层大办公室的人来说，单单这个地方的样子就足以让他不舒服了。这家公司在纽约一个不知名的郊区工业园，是一栋单层的砖瓦结构建筑，楼旁有个装卸货物的小停车场。

里面也不怎么样。进入后先看到一排小房间。然后有一个用来冷冻人体的实验室。那些圆筒则安放在一个敞开式的大仓库里，一个接一个排列，每个存六具人体。整个仓库就像一个铺着油毛毡地毯的室内墓地。

维克多在看到这个公司的介绍后，坚持第二天就去现场查看。当晚他没有服安眠药，强忍着胃部和背部的疼痛，彻夜未眠，把手头所有的资料都读了至少两遍。这是一门相当新的学科（第一个尝试人体冷冻技术的人在 1972 年接受了冷冻），但人体冷冻学并非完全没有科学依据。将死亡的身体冷冻起来。等待科学的发展。将身体解冻。让身体恢复生命体征，然后再将疾病治好。

当然，最后这部分，是最难的。但维克多是这样推想的：在自己度过的这辈子里，科学的发展已经完全超乎想象。他的两个表哥小时候死于伤寒和咳嗽。如果放在今天，他们肯定能活下来。事情总在变化中。“不要太执着于事物本身，”他提醒自己，接受新的知识，也要抱有这样的心态。

“那是什么？”他又问。玻璃纤维舱旁有一个白色木盒，一格格分开，有数字代码，有几格里放着花束。

“那是家属来访的时候留下的，”杰德解释说，“每个数字代表圆筒里的一个人。访问者就坐在这里。”

他指了指一张靠墙放的芥末黄色沙发。维克多想到格蕾丝得坐在这样一个破破烂烂的东西上。这让他意识到，他完全无法向她开口提此事。

她不会接受的。没有可能。格蕾丝是个坚定的信徒。她相信人应该听从命运的安排。他不准备在这一点上和她争论。

不。这个最后的计划还得由他决定。我们的生活方式也决定了我们的死亡方式，维克多九岁起就习惯于自己的事情自己做主了，所以在死这件事情上，维克多同样不会放弃行使他的权利。

他内心主意已定：不要访客，不要鲜花。无论需要付出怎样的代价，他都要躺进他的冷冻筒里。

就算要等几个世纪才能复活，他还是会义无反顾，独自去完成这件事情的。

26

所有的洞穴始于雨水。

雨水混合进气体。酸性的雨水腐蚀岩石，细小的裂缝慢慢变成通道。最终——或许要经过好几千年，这些通道才可能容纳下一个人。

所以，多尔待的洞穴，其实是一个时间演化的产物。而洞穴里，一个新的计时器已然滴答滴答响起。因为洞穴顶部，那个老人刻出一道裂缝，水滴下来的地方，渐渐形成了一个钟乳石。

钟乳石慢慢下垂，地面上长出一个石笋。

经历了几个世纪，钟乳石和石笋像被磁力吸引，越来越接近对方，但是它们生长的速度是如此之慢，以至于多尔完全没有注意到。

他曾经为自己能够用水来计算时间而骄傲。但是人类发明的一切东西，不都是先由上帝创造的吗?

多尔活在世界上最大的水钟里面。

他从没有这样想，其实，他已经完全放弃了思考。

他停止了移动，不再站起来。他用双手托着下巴，在震耳欲聋的各种声音之中一动不动。没有人像他这样，他不再变老，也就是说他一生中注定要发生的那些呼吸，在这个洞穴里一次也用不上。内心，已经崩溃。不变老不等于活着，没有了和人类的接触，多尔的心开始枯竭。

来自地球的声音爆炸性地增长，多尔已经无法辨别出其中的意思，就像各种雨滴落的声音那样无意义。他的脑袋已经麻木。他的头发和胡子，手指甲和脚趾甲，都已经长到了不可思议的地步。他对自己的外表完全失去了概念。最后一次看到自己的形象，还是他和爱莉一起走到大河边，互相看着对方在河里的倒影微笑。

对于那样的回忆，他无比渴望地要抓住它们。他紧闭双眼，努力回忆每一个细节。在这炼狱般的过程中，某一天他终于摆脱了黑暗的催眠，拿起一块小岩石，把石头的顶端磨尖了，在洞穴壁上画了起来。

活在人世的时候，他也刻画。

但那都是为了计算时间，测量变化，记录太阳和月亮的轨迹。他所画的，是这个世界上数学的雏形。

但在这个洞穴中他的画是不同的。首先，他刻下三个圈，每个圈都有一个名字，代表他的三个孩子。然后他又刻下四分之一个月亮，记录他对爱莉说出“她是我的妻子”的那个夜晚。他刻出一个盒子形状，记录他们的第一个家——他父亲的泥土屋——而一个较小的盒子则代表了他们被放逐之后所居住的茅草棚。

他画了一个眼睛形状的图案来代表爱莉的目光，爱莉那爱恋的目光总让他感到头重脚轻。他还画了波浪形的线条，那象征着爱莉又长又黑的头发，以及他把自己的脸埋进去时感受到的宁静。

每画出一个图案，他都大声地说话。

他所做的事情，是人类在被剥夺了所有的东西之后通常会去做的。

他在对自己讲述自己的故事。

27

洛林知道肯定和男孩有关。

否则女儿昨晚出去的时候怎么会穿高跟鞋。她只是希望萨拉不要找一个像她父亲那样的混蛋。

格蕾丝知道维克多很受挫。

他痛恨失败。让她感到难过的是，这最后一役，和绝症的最后一役，是注定了会失败的。

洛林听到大门打开的声音，莎拉不声不响走进来，上楼，闪进自己的房间。

这就是两人现在相处的方式。生活在同一屋檐下，但彼此无法交流。

早几年还不是这样。萨拉读八年级的时候，一节体操课上，一个女孩把一个排球塞进自己的裙子，对着一群男孩说，“嗨，同学们，我是萨拉 · 雷蒙，能匀我一点薯条吃吗？”她这样做的时候不知道萨拉就在边上，每一句话都听得清清楚楚。萨拉哭泣着冲回家，趴在妈妈膝头。洛林抚摸着女儿的头发，安慰她，“学校应该开除他们，开除他们每一个人。”

她很怀念自己还能抚慰女儿的那些日子。她也怀念两个人互相依靠的那种感觉。她听到萨拉上楼的声音，很想走出房门和她说几句。但是，她的房门总关着。

格蕾丝听到维克多外出回来的声音。

“露丝，他回来了，我晚点再打给你，”她挂上电话。

走到门口，她取过他脱下的外套。

“去哪里了？”

“办公室。”

“星期六也去？”

“是的。”

他拄着拐杖，蹒跚着走进门厅和走道。她看到他胳膊下夹着文件袋。但她没有问，还是说：“想要吃点什么吗？”

“我没事。”

“吃点什么？”

“不了。”

她想起了过去，他把她稍稍从地上举起，在门口亲吻她，宠爱地问她各种问题，比如说“这个周末你想去哪里？伦敦？巴黎？”一次，在一个海边别墅的阳台上，她说要是能够早点遇见他就好了，他回答说：“这个遗憾我们会弥补的，因为我们会一直在一起。”

她提醒自己，他们之间毕竟有过那样的时光，现在她必须保持耐心，给他更多的爱；她无法知道他的内心现在是怎么想的——剩下的时日已经不多，死亡越来越逼近。无论他的脾气变得怎样糟糕，怎样冷漠，她都下定决心要让这些最后日子，过得像刚开始的那些日子一样，而不是中间那段漫长、无趣的时光。

维克多走进书房。她有所不知的是，他心中想着的，已经完全是另一段人生了。

28

人类以一种他们无法理解的方式互相关联——这种关联同样发生在梦中。

多尔能够听见他所看不到的人类心灵发出的呼唤，与此同时，有些人在睡梦中偶尔能够看到他的面目。

七世纪，有一张伊丽莎白女皇的画像，画像中有一个骷髅从女皇背后一侧看着女皇，另一边则站着一个长胡子的老人。骷髅代表着死亡，而那个神秘的、长胡子的老人，据画家称，是他曾经梦到过的时间的象征。

在一幅十九世纪的版画中，也出现了一个长胡子的老人，他抱着一个象征新年的婴儿。没有人知道画家为什么选择了这样一个形象。他告诉他的同行们，他梦见过这样一个老人。

1898 年出现过一座铜像，那是一个赤裸着身体，相当健壮的男性形象，他同样有着长长的胡子，手拿一把镰刀和一个沙漏。这尊雕像被安放在一个圆形大厅里的大钟顶部。没有人知道这个形象的原型来自何处。

但这座雕像被人们称作“时间之父”。

“时间之父”孤独地坐在他的洞穴里。

他用手托着下巴。

我们的故事是这样开始的，三个孩子在山坡上追逐嬉闹。现在，故事讲到了这个孤独的山洞，山洞里有个蓄着长胡子的人，一池子各种各样的声音，一柱倒挂的钟乳石。钟乳石离石笋顶端的距离只差几毫米了。

萨拉在房间里。维克多在书房里。

此时。此刻。

地球上的这一瞬间。

多尔获得自由的时刻来临了。

降落

29

“关于时间，你知道什么？”

多尔抬起头。

那个老人又出现了。

在我们的日历上，六千年过去了。多尔张大嘴巴，难以置信。他想开口说话，却发现自己发不出声音；他的大脑已经忘却如何指挥嘴巴发声。

老人不声不响在洞里走来走去，怀着极大的兴趣观看洞壁上多尔刻画的图案。他看到了各种各样无奇不有的图案和符号——圆形，方形，椭圆形，盒状物，线条，云朵，眼睛，嘴唇——那是多尔回忆的生命中的每一刻。这是爱莉扔出石头的那一刻……这是我们一起走到大河去的时候……这是我们儿子出生的时刻……

最后一个符号，在洞壁的一个角落，是一滴眼泪的形状，多尔用它来代表垂死的爱莉躺在羊毛毯上的那一刻。

他的故事到此就结束了。

至少，对他而言是这样的。

老人弯下腰，伸出手。

他摸了摸那刻出来的眼泪，眼泪即刻变成了一滴真的眼泪，凝结在他的指间。

他走到钟乳石和石笋即将相会的地方，两者之间只剩下刀锋般狭小的距离了。他把那滴泪放在缝隙之间，看着泪水变成石头，将钟乳石和石笋连接起来。现在它们变成了一根完整的柱子。

天堂和人世相会。

就像他所保证过的那样。

多尔觉得自己像被一根绳子拉着，离地飞起。

所有那些他刻下的符号，也都从墙上飞了下来，如同飞鸟般在洞穴里打转，然后缩小衔接成一根细细的项链，环绕在钟乳石和石笋交汇之处。

随即，钟乳石和石笋晶化成一个平滑的、透明状物体——它们分别变成上下两个半球体——那是一个巨大的沙漏。

沙漏里盛着白色的沙子，多尔从没有见过如此洁白、细腻、柔滑如水的沙子。它们从上半个玻璃球慢慢漏向下半个玻璃球，但上下两个半球里的沙子数量都没有明显的增加或者减少。

“这里存着宇宙间所有的时间，”老人说。“你试图控制时间。为了你的救赎，你的愿望现在实现了。”

他用他的权杖敲了敲玻璃半球，玻璃半球的两侧出现了金色的顶盖和底座，中间出现了连接顶盖和底座的扭花柱子。然后整个沙漏缩小，并落到了多尔的臂弯里。

现在，他手中握着时间。

老人说：“走吧。你该回到人世去了。你的旅程还没有完成。”

多尔茫然地瞪着眼。

他的肩膀塌下去。如果放在从前，这话可能会让他激动得跳起来。但现在，他的心已经空了。这个愿望已经和他无关。爱莉已经不在人世，永远地不在了。她已经成为洞穴壁上那一滴泪珠。他的人生——或是那个沙漏——还有什么意义呢?

他的胸腔里终于发出声音，一个微弱的声音。

“太晚了。”

老人摇摇头。“永远都不存在太早或者太晚的问题，该发生的时候就发生了。”

他微笑着继续说：“这都是安排好了的，多尔。”

多尔眨了一下眼睛。老人过去从来没有叫过他的名字。

“回到人世间。去看看人类是怎样计算他们的时间的。”

“为什么？”

“因为这一切都是因你而开始的。你是人类的时间之父。但是，有些事情你还没有弄明白。”

多尔摸了摸自己的胡子，胡子已经长到了他的腰际。他肯定比世上任何人都活得长。为什么他的生命可以延续这么长的时间？

“你测量出了分钟，”老人说，“但你们人类有没有合理地使用时间呢？是我行我素，还是珍惜感怀？有没有因此而更好地利用时间，提升自我呢？”

多尔垂下眼睛。他知道答案是否定的。

“那我该怎么做呢？”他问。

“到人世去找两个人，一个害怕时间不够，一个厌倦时间流逝。把你所学到的东西教给他们。”

“那我该怎么找到他们？”

老人指着那个声音池。“听听他们的抱怨。”

多尔看着池水。上百万个声音从那里冒出来。

“两个人能带来什么改变呢？”

老人说，“你也就是一个人，但你改变了整个世界。”

他捡起多尔用来刻字的那块石头，轻轻一捏，石头化为尘齑。

“掌握你最终命运的只有上帝。”

“上帝把我一个人丢在这里，”多尔说。

老人摇了摇头。“你从来就不是一个人在这里。”

他摸了一下多尔的脸。多尔觉得好像有一个新的灵魂进入了他的身体，就像杯子里注入了水。老人从眼前渐渐消失。

“永远记住：这就是上帝安排人类只能享有有限时日的原因。”

“那原因是什么？”

“完成你的旅程，你就明白了。”

30

其实，伊森取消约会后，萨拉本应对再提约会之事三思而后行。

但一个极度渴望的心灵会让头脑迷失方向。所以，在那个黑色牛仔裤加绛红色T恤衫之夜过去两星期后，同时也是两个星期的枯燥课程之后，在电脑前吃了两个星期的晚饭之后，萨拉决定再做一次尝试。又一个星期六来了，又要去收容所做义工了，她早晨六点三十二分就起床了，并把自己打扮得像是要去参加派对。她上穿低领外套，下配贴身小裙子，并花了很长时间化妆，甚至还临时上网学习上腮红和眼影的小技巧。她自我感觉有些纠结，因为她一直都批评妈妈化妆太浓了。（“你看起来就像是在扯着嗓子喊人家注意你一样，”萨拉是这样抱怨她妈的），但她自我安慰说像伊森这样的男孩，时时刻刻被漂亮女孩子们包围，她们的妆更浓，衣服领口开得更低。如果她想要得到他，就必须做出一些改变。

而且，反正洛林还在睡觉。

萨拉悄悄溜出门，开着妈妈的车去收容站。一开始，她对自己的决定还挺有信心，但走进收容所之后，有几个流浪汉看到她，冲着她吹口哨，并且嚷嚷说："小妞，看起来不错啊，"这让她脸红了，她只能应付说打扮成这样是因为之后她还要去参加另外一个活动。这突然让她觉悟自己傻极了。她在想什么呢？她绝不是那种能死皮赖脸，不管不顾的女孩。幸运的是，她还带了件运动外套。她赶紧套上外套。

就在这时，伊森两个胳膊下各夹着一个大盒子走了进来。萨拉有些猝不及防，赶紧挺直了身子，捋了捋头发。

"柠檬……汁，"他冲她点点头。

他喜不喜欢她这样打扮呢？

"嗨，伊森，"她尽量装出很随意的样子，但再次感到浑身上下发红发烫。

31

维克多坐在书桌前，看着文件夹里的资料。他还清楚地记得两个星期前，杰德，就是那个人体冷冻公司的负责人，对他说的话。

“冷冻就好比是一条通往未来的救生船——当医学发展到一定阶段，治愈你的疾病会和打个电话、做个预约般简单。

“你需要做的就是走进这条救生船，睡觉，等待救赎的来临。”

维克多揉了揉肚子。摆脱癌症。不再做透析。重头活过。就像打个电话、做个预约般简单。

他又研究了一遍杰德向他解释过的冷冻过程。一旦被宣布死亡，他的身体就会被覆盖上一层冰。一个血液泵将启动，使他的血液继续保持流动状态而不会凝固。接着，他体内将被注入防冻剂——一种生物防冻剂——以此来取代体液，这样他身体里就不会结冰，这一过程称之为“玻璃化冷冻方案”。随着温度不断降低，他的身体将被放置在一个睡袋里，然后进入一个电脑控制的降温舱，再被挪进一个可以慢慢注入液态氮气的舱内。

五天之后，他将被移放到他最后的安居地，也就是那个巨大的玻璃纤维舱，也被称之为“低温恒温器”——这里面也充斥着液态氮气——他将头朝下，以倒栽葱的姿势被悬挂放置。这样的状态将维持多久……谁知道呢?

直到他的生命之舟找到未来。

“那我的尸体就待在这里面?”维克多当时是这样问杰德的。

“我们不使用‘尸体’这个词。”

“那你们怎么说?”

“病人。”

病人。

如果这样去想的话，确实让维克多感觉容易接受一些。他已经是个病人了。这只不过是另一种形态的病人。一个非常有耐心的病人。就像一个长期投资的股票基金，或者和中国人冗长的、需要无数文件往来的生意谈判。耐心。病人。格蕾丝可能会不同意，但维克多在该有耐心的时候是会有耐心的。

被冰冻几十年，或许是几个世纪，但如果能够换得新生——那么，这样一桩买卖还挺不错的。

他在人世的时间不多了。

但是，他可以抓住新的生命。

他拿出电话拨了一个号码。

“杰德，我是维克多·迪拉蒙特，”他说，“你什么时候能来我办公室一趟？”

32

在那漫长的、无法计算清楚的洞穴岁月中，多尔尝试过各种逃脱的办法。

此刻，他拿着沙漏，站在水池边等待，冥冥中，他知道那是他逃脱的唯一路径。

这一切真的要结束了吗？他在想。这没有尽头的炼狱般的生活？现在，等着他的世界是怎样的呢？虽为时间之父，但他不清楚他离开人世有多久了。

他想着老人对他说的话。听听他们的抱怨。他低下头，看着泛着微光的池水，闭上眼睛，在喧嚣中听到了两个声音，一个是老头的声音，一个是年轻女孩的声音：

“再过一辈子。”

“让它停下来。”

突然，一阵风咆哮着吹进洞穴，四周的墙壁陡然亮了，好像被正午的太阳照着一般。多尔把沙漏紧紧抓在胸前，后退一步，然后跳入池水。他轻轻地喊了一个名字，那是唯一能给他的心灵带来安抚的名字：

“爱莉。”

这一次，他直直地掉了下去。

多尔掉进了无限的空间里。

他一直往下掉，脚朝上，头朝下，然后转了个圈，继续往下掉，他穿过一片充满阳光和色彩的迷雾。他看到无数身体和脸从他的眼前滑过，那些是从尼姆的塔上掉下去的人，只不过这一次他们在往上升，他则往下掉。他再度抓紧了手中的沙漏，随着下坠速度的加快，光线越来越亮，色彩越来越绚丽，风擦过他的肌肤，有如刀刃一般，他觉得自己快要被这速度给扯裂开来。他穿越严寒、酷热，穿过狂风、暴雪，然后是沙子、沙子，更多的沙子，呼啸而来，漫天遍地，让他的身体旋转起来，又好似保护着他，让他降落、降落，直到最后像沙漏里的沙子那样，直直掉下去，落在地上。

沙暴停了。

他感觉自己像被挂在了什么上面。

他听到远处有音乐和欢笑的声音。

他回到了地球。

人世间

33

洛林需要一支香烟。

她把车子停在一排街铺前，其中有一家是个美甲沙龙。她想起来曾带萨拉来过这里，那时萨拉十一岁。

“我能把指甲涂成红宝石色的吗？”萨拉问。

“当然，”洛林回答，“那脚趾头呢？”

“脚趾头我也能涂？”

“为什么不呢？”

一个美甲师过来帮萨拉把脚浸在一个小盆里，萨拉脸上露出受宠若惊的表情，洛林注视着女儿，意识到女儿平时得到的关爱太有限了，她要工作，而汤姆总是很晚才回家。萨拉转过身，满脸欢笑，对她说：“妈妈，你涂什么颜色我也涂什么颜色。”洛林当时向萨拉保证，以后会常常带她来这个地方美甲。

但是，她们后来一次也没一起来过。离婚改变了所有的事情。洛林走过美甲店的橱窗前，看到很多位子都空着，但她知道，以萨拉现在这个年纪，怕是情愿被抓到警察局去，也不愿意和妈妈一起坐到美甲店里来了。

格蕾丝需要采购一些家用杂物。

她完全可以写下购物清单，让家里的用人们去买。“你不必再操劳家务了，”维克多总是这样对她说。但慢慢地，她意识到对于别人来说，家务可能费时耗力，而对她而言，没有了家务她的生活只能更空洞。慢慢地，她把家务事又给揽了过来。

她推着超市的购物车，在生鲜蔬菜柜台挑了芹菜、西红柿和黄瓜。在过去的几个月中，她又重新开始做饭做菜，为了让维克多吃上更健康的饮食——不吃任何事先加工的食品，所有的食材都是有机的——她希望通过好的饮食能让他多活上一些时日。她知道这只是个微小的举动，犹如大海捞针般徒劳。但是，她需要这样一个念想。

今晚，她要准备一个健康的色拉。但走过冰激凌柜台的时候，她还是拿了一品脱的薄荷巧克力碎冰激凌。那是维克多的最爱。如果他想要放纵一下，她也不想让他失望。

34

一个西班牙小镇正在庆祝十二月的一个节日。

街头艺术家们齐聚在镇中心的广场上，路边的餐桌上放满了西班牙式的小吃：虾、凤尾鱼、马铃薯。广场正中心是一座喷泉，里面满是情人们丢来祈愿的硬币。游客们坐在喷泉边，双脚浸在池水里。

离喷泉不远处，有一个真人大小的纸板模型人，模型站在一个胶合板做成的基座上。模型人是一个手握沙漏的长胡子老头。指示牌上写着 El Tempo，也就是“时间之父”的意思。模型旁的地上放着一根黄色塑料棒球杆。

隔不了几分钟，总有路人停下来，拿起球棒拍打那个“时间之父”。这是当地的一个习俗。辞去旧岁，迎来新年。围观的人群则会欢呼“哦耶，哦耶”，并欢笑举杯。

一个小男孩挣脱妈妈的手，冲到模型前。他拿起球棒，转回头征求母亲的同意。

“好吧……好吧……”他的妈妈冲他挥挥手说。

就在这时，太阳从云朵后探出头来，一种奇怪的光芒笼罩整个村镇。广场中心刮过一阵莫名的风。男孩子还浑然不觉。他举起球棒，使出全身的气力，向那个纸制模型砸去。

“哐当！”

它的眼睛睁开了。

男孩尖叫起来。

挂在纸板墙上的多尔，感到身体一侧剧痛。

他睁开眼睛。

一个男孩在尖叫。

尖叫声让多尔的身体朝后倒去，他身上的袍子原来挂在墙上的两个钉子处，现在滑落了出来，他一下子摔在地上，手里的沙漏也掉了。

男孩的尖叫瞬间停止。实际上，那尖叫是被凝固住了，像渐渐淡出的长号尾音。多尔赶紧站起来。他周围的世界梦境般静止不动。男孩的脸定格在了惊恐之中。挥舞的黄色球棒停在半空。喷泉旁指指点点的人们也都被锁定了。

多尔捡起沙漏。

他开始奔跑。

起先，他竭尽全力，跑得很快。

跑的时候，他埋着头，希望没人会注意到他。但只有他是移动的。整个世界停滞了。没有风在吹。没有树枝在晃动。多尔看到的人都被固定在原地——一个遛狗的人，一群朋友拿着饮料坐在一家酒吧门口。

多尔放慢脚步，四处张望。按我们的标准，他不过是在西班牙郊外的一个小镇上，但是对他来说，那里的人和建筑物比他活在人世的时候看到的全部都要多得多。

这里存着宇宙间所有的时间，老人曾这么说。多尔想起了老人的这句话，便低头去看那个沙漏。他发觉沙漏也几乎停止，两个玻璃半球之间沙流的通道像被堵住了，只有非常非常细小的一点点沙子在慢慢地流过。

多尔拿着沙漏，走了好几里路。太阳在天空中几乎没有任何移动。

他身后的影子一直跟着他，而其他人的影子则好像画在地上一样。在跑到了一个荒芜之地后，他爬上一座山头，坐下。爬山让他想起了爱莉，他是多么渴望重新回到原来那个世界——空旷的平原，泥筑的房屋，还有那无边的宁静。而处于现在这个世界，他的耳边一直有持续不断的嗡嗡声，那是上百种声音混杂在一起的喧嚣。他还没有意识到，那嗡嗡声只是被放慢下来的一个时刻。

往下看，多尔看到一条笔直的、黑灰色的路，路当中刷着一条白线。建这样一条平滑的路需要多少奴隶啊，他想。

你试图控制时间，那个老人曾这样对他说。为了让你得到救赎，你的愿望现在实现了。

多尔回想着他是如何重回人世，如何掉下来，如何把沙漏掉在了地上。就是这个时刻，一切都改变了。

或许……

他把沙漏斜斜地倒向一侧，然后再扶正。

沙子开始正常的滴漏。那股嗡嗡声停止了。他听到了“唰，唰，唰”的声音，他看到山下车子一辆辆地经过——只是他还没有车的概念，他以为那些是都是速度惊人的不知名的怪兽。他再次把沙漏横过来放置，沙停止了流动。

车停了。

嗡嗡声又想起。

多尔瞪大眼睛。刚才，他做了什么，让整个世界停止转动？这种超能力令他不寒而栗。

35

那个夜晚刚开始的时候两人都有些尴尬，但酒精改变了一切。

伊森拿出一瓶伏特加，萨拉表现出毫不介意的样子。她从来没有喝过这玩意儿，但她装得满不在乎，飞快地喝了一口。就算是一个学习成绩名列前三的学生也知道，到了这个时候，她得假装以前喝过。

他们坐在伊森叔叔的仓库里——那是伊森的主意。他直到八点十四分才发来消息，说自己有空，“如果想来找我，我在我叔叔这里”——伊森从货架上搞了些纸杯和橙汁，橙汁兑在伏特加里。坐在地板上，他们边笑边聊他们都在观看的一个傻乎乎的电视节目。伊森喜欢动作片，特别是《黑衣人》系列，那里面的男演员们都穿西装、打领带、戴墨镜，萨拉说她也喜欢那一类电影。但实际情况是，她还没有看过。

她穿着那天早晨在去收容所时穿的低领外衣，她觉得他肯定会喜欢她这样打扮，他也确实看起来挺殷勤的。其间，她的电话响过一次（天哪，是她妈妈！），她做了个鬼脸没有理睬。“让我瞅瞅，”他从她手里拿过电话，然后把她妈妈来电的铃音调成了一种刺耳的重金属音乐声。

“听到这个铃音，你就不要去理睬它，”他说。

萨拉哈哈大笑。“哦，这太棒了。”

这之后发生了什么，萨拉有些记不清了。他说要帮她揉揉背，她高兴地接受了；他的手放在她肩头，让她激动得发抖，感觉自己要融化了。她有些紧张，跟他聊起其实她在学校里没有什么朋友，因为他们看起来都太不成熟了。他说是的，多数同学都是笨蛋，她说她对于申请大学这件事情感到很有压力，他加重了按摩她肩膀的力度，说她那么聪明，应该能够进任何想进的大学，这让她感觉很好。

然后就是接吻。她永远也忘不了这一幕。她的后脖颈能够感到他的呼吸，她向左边侧过一点，他向右侧，她转过脸，于是，他们的脸几乎撞在一起——然后事情就这样发生了。就这样发生了。她闭上眼睛，坦白讲她觉得自己几乎要晕厥过去了（她妈妈过去总喜欢用“晕陶陶的”这个词，萨拉模模糊糊觉得这就是那种感觉了）。然后，他又亲了她，更用力，而且把她彻底转过来，紧紧抱住她，她还记得自己是这样想的：*哦，他在亲我，他要我！*但他的温柔很快变得有些狂暴，他的手在她身上到处乱摸，直到她紧张地把他的手拉开，然后尴尬地想要一笑置之。

他往她的杯子里又加了一点伏特加和橙汁，她喝得有点太快了。对于那个夜晚，她还有的记忆就是和伊森笑闹推搡，又亲又闹，每当伊森想要更进一步的时候，她就把他推开，然后他们再喝酒，再打闹，再推开，再喝酒，就这样重复了一遍又一遍。

“来吧，”他说。

“我知道，”她嘟囔着，“我也想，但是……”

最终，他放弃了，又喝了一些伏特加之后，他倚着墙也几乎要睡着了。又待了一些时间后，他们各自回家。

现在，她有些不明白，

她不明白自己究竟是做对了，做错了，还是没有做对也没有做错。那是星期一早上，七点二十三分，她一边啃着全麦吐司焦香的外皮一边想着这个问题。她知道伊森这样一个男孩，长得比她这样一个女孩好看多了，她在思考，她对此应该表现出何种程度的“感激”。他们接吻了——接了很多吻——他还想要她。有人想要她。事情的关键在此。她脑海中不断浮现出他的脸。她想象着他们下一次在一起可能发生的情形。终于，她枯燥、平凡的生活中有了值得期盼的事情。

她把碟子放进水槽，打开手提电脑。她上学要迟到了——萨拉过去从来没有迟到过——但是圣诞节快要来了，她突然强烈地觉得自己要给伊森买件礼物。他说过《黑衣人》中的演员都戴那种外形特别的酷酷的手表。或许她可以为他买一块。他会喜欢的，不是吗？或许只有她会为他准备这样的礼物？

她告诉自己，因为她是个细心的女孩，所以才会这样做。毕竟是圣诞节。但在内心深处，她的逻辑是这样的：

她为爱着的男孩买一样礼物。

而他，也会用爱来报答她。

36

你能想象用无限的时间去学习吗?

好比让一辆行驶中的车辆停下，没有时间限制，想怎么检查就怎么检查？或者是在博物馆里慢慢转悠，触摸每一件展品，而那些警卫们完全不知道你的存在？

这就是多尔研究世界的方式。通过那个沙漏的力量，他让时间停滞来满足他探索世界的愿望。尽管他不能让时间完完全全、彻彻底底停下来——一辆火车可能在他探索研究的过程中移动了一英寸——但也已经足够让他把人的活动停顿下来，绕着他们转圈，触摸他们的外套和鞋子，试戴他们的眼镜，摩挲他们刮得干干净净的脸。这和他生活的时代太不一样了，他那个时候大多数人都留着长胡子。这些人对于他的存在完全不知晓，在时间停滞中发生的事情在他们眼前一闪而过，无法察觉。

用这样方式，多尔在西班牙乡间徘徊，把每一天分解成每一刻来度过，了解各种房子，咖啡馆和商店。他找到了适合他身材的衣物（他喜欢那种他可以直接套进去的衣服，纽扣和拉链让他感觉不习惯）。某一刻，他逛到了一栋小楼前，楼房门口写着“PELUQUERIA”,那是一个发廊。看到一面长镜子的时候，他叫了出来。

然后他才意识到他看到的是他自己。

多尔已经有六千年没有看到过自己了。

他向着镜子走近一步，边上有个人坐在高高的转椅上，看起来像个生意人。一位女理发师正把手放在抽屉里拿什么东西。多尔仔细观察镜子里的男人——蓝色的西装，红褐色的领带，短发，深色的，湿漉漉的——然后他又看到了自己的野蛮形象。不过，虽然他的胡子很长，头发乱蓬蓬的，他看起来还是比边上那个生意人要年轻。

在这个洞里，你一点都不会变老。

我不值得获得这样的奖赏。

这不是奖赏。

他向后退了一步，蹲到一个柜台后，把沙漏直立起来。

生活继续。那个理发师从抽屉里取出剪子，对那个人说了几句话，逗得他哈哈大笑。她梳理着他的头发，开始修剪。

多尔从柜台后偷偷看着这一幕，完全被吸引住了。她的动作是如此熟练，剪子咔嚓咔嚓，一缕缕头发掉落下来。突然，有人打开了音响，巨大的音乐声传来，那节奏让人心跳加速。多尔用双手捂住耳朵。他从没有听到过那么响的声音。

再抬起眼睛，他看到一个胖胖的、头发用塑料卷子卷着的中年妇女，矗立在他面前，盯着他看。

“Qué quiere？”[①]她高声叫道。

多尔抓住他的沙漏，侧过来，她——以及其他所有人——都在瞬间再次被凝固。

他站起身，绕过那个女人（她的嘴还张着），走到发型师边上。他从她手中拿过那把剪刀，把刀口贴住胡子根部，剪下去，然后又开始修剪那长了六千年的头发。

---

① 西班牙语，意为“您想干吗？”

37

“让你到这里来，是因为我想修改协议。”

维克多给杰德倒了一杯冰水。他们在一张长桌子边坐下。维克多不情愿地坐在轮椅里（他走路已经非常不稳了），为了方便他的轮椅进出，办公室里的家具已经重新摆放过。

“按照相关法律，我必须在被宣布死亡之后，冷冻程序才能开始，对不对？”

“是的，”杰德回答。

“但你认为——科学地讲也是这样——如果在心脏衰竭和脑死亡之前就开始冰冻，将来复活的几率就会变大许多，对不对？”

“理论上……是如此。”杰德摸着水杯回答。他看起来有些不安。

“我想要试验一下这个理论，”维克多说。

“迪拉蒙特先生……”

“请听我说完。”

维克多开始解释他的计划。他现在完全靠做肾透析存活。那个巨大的透析仪清洗他的血液，除去毒素。如果他不接受这项治疗，很快就会死去。可能用不了几天时间。他最多能捱一到两个星期。

“我死后的那一刻，医生会确认我的系统已经衰亡，再由验尸官检验，然后冷冻程序就可以开始了，对不对？”

“是的，”杰德回答，“但是……”

“我知道。当这一切发生的时候，我们都必须在你的公司里。”

“是的。”

“或者，在这一切发生之前。”

“我不明白你的意思。”

“在这一切发生之前……”他又重复了一遍。“或者，假设这一切都已经发生……”

“但是，如果要这样做，他们必须……”

杰德打住了。维克多轻轻晃了晃下巴。他相信这个人已经明白他在暗示什么了。

“有钱能使鬼推磨，”他交叉起双手。“而且，可以神不知，鬼不觉。”

杰德一言不发。

“我到你们公司去过。怎么说呢——不要误会我的意思——那里真的很简陋。”

杰德耸耸肩。

“你不需要几百万美金的资金吗？一份来自一个满意的客户的馈赠？”

杰德咽了咽口水。

“听着，”维克多继续说，并且降低了声音，听起来更为友好。“我已经快要死了。早死几个小时，晚死几个小时，有什么差别呢？”

“我们不妨更坦诚些，”他把身子朝前靠了靠。“你也肯定希望自己有更大的成功几率，对不对？”

杰德点点头。

“我也这样想。”

维克多把轮椅转到自己的书桌前，打开一个抽屉。

“我已经让我的律师们起草了一些文件，”他一边说，一边举起一个信封。“我希望这些能够帮你做出决定。”

38

穿上现代人的衣服，剪好头发，多尔看起来就像是生活在这个世纪里的人了。

而且，在研究世界的过程中，他设法利用沙漏所产生的时间间隙，和这个世界发生了实时的接触。他把这些时刻主要用在了最关键的事情上——像学习字母，这个过程他是在一个成人语言学校的教室后面完成的。从字母到拼写，从拼写到词汇，因为他是时间之父，他本来就能理解地球上的任何一种语言，只不过他又用他的头脑学到了完整的语言体系罢了。

一旦学会了阅读，所有的知识就触手可及。

他沉浸在马德里的一家图书馆里，读了那里三分之一以上的书籍。他读历史、文学，研究地图、画册。只需把沙漏侧过来，这些知识的学习不过花费了他几分钟而已。在真实的时间里，完成这些过程可能要花费数十年。

从图书馆出来后，多尔竖起沙漏，看夜晚是如何降临的。他看到了电——这个他从书本上获得的概念——是如何延长了人们的工作时间，这让他充满了敬畏。多尔过去只知道油灯和篝火可以照明。现在，街边的路灯可以让整个小镇的街道如同白天般明亮，多尔在街灯投射下的黄白色光芒中行走。他一整夜都没有睡，被那些发光的灯泡给迷住了。

早晨，他暂停了太阳的升起，

在西班牙平原上漫步，沿着法国最大的河流步行，在比利时和德国的森林里穿梭。他看到了古代遗迹，也看到了现代化的体育场馆，研究了各种高楼大厦、教堂和购物中心。

无论去到哪里，他都注意寻找各种计时工具。那个老人是对的。多尔可能是世界上第一个计算时间的人，但在他之后，他所发明的太阳棒和水碗钟已经被人类发展、衍化出不计其数的计时工具了。

多尔研究了他所能发现的每一种计时工具。在德国杜塞尔多夫的一家博物馆里，他把展出的每一件古代钟表都拆开来，研究里面的弹簧和线圈是如何工作的，警卫站的位置离他几步之遥，但因时间停滞而被固定在那里。在法兰克福的一个跳蚤市场，他发现了一个带广播功能的钟。摁下电子按钮，时间就可以调前或者调后。多尔摁下倒退功能，看着时间后退，周三、周二、周一。他想要是能够让时间一直倒退回去，把他重新带回自己的家，那该有多好。

你是地球上的时间之父。

他真的需要为这一切负责吗？多尔想起了他被关在洞中受折磨的那些岁月。难道每一个关心时间的人都需要付出那样的代价吗，他想。

最终，多尔来到海边。

他在德国的北弗里斯兰看到一座灯塔。他在书上读到过关于灯塔和北海[①]的事情。他把沙漏侧过来，观察波浪的运动，然后再竖起沙漏。

他对于现代世界的了解已经趋于完整。因为他花了一百年的时间来观察世上的一天。

---

① 北海：此处的北海指大西洋东部的一个海湾，西面部分以英格兰、苏格兰为界，东面与挪威、丹麦、德国、荷兰、比利时和法国相邻，南部以从法国海岸的沃尔德灯塔越过多佛尔海峡到英国海岸的皮衣角的连线为界；北部以从苏格兰的邓尼特角，经奥克尼和设得兰群岛，然后沿西经 0°53′经线到北纬 61°，再沿北纬 61°纬线往东到挪威海岸的连线为界。总面积为 60 万平方公里，平均水深为 91 米，容积为 15.5 万立方公里。

他听风的声音。他听那些应该被听见的声音。

“再过一辈子。”

“让它停下来。”

他走进静止的水中。

开始游起来。

39

多尔游过大西洋。他用一分钟时间完成了横渡。

他离开德国的时候是晚上七点零二分。抵达曼哈顿的时候是下午一点零三分。理论上讲，或者相对于我们的钟表，他在时间上倒游了回去。

在水中前行的时候——对他而言，寒冷和疲劳都是不存在的——他的思绪在漫游，他想到了他经历过的事情，还有那些他没有来得及说再见的亲人，那些已经逝去了几千年的人。他的父亲，母亲。他的孩子。他深爱着的妻子。

完成你的旅程，你就将得到答案。

他不知道答案什么时候出现。他不知道他会明白什么。在海洋中划开双手游向对岸的过程中，他最大的困惑是，他还会不会像其他所有人那样，终究要去面对死亡的来临。

到达彼岸后，多尔在一个船码头上了岸。

一个戴着帽子，留着厚厚胡须茬的码头工人拦住他。“嗨，见鬼了，伙计，你……”

但他没有能够把话说完。

多尔侧过沙漏。他注视着远方高楼林立的天际线，意识到自己到了一个最最奇怪的地方。

远方的纽约市，是一个无法想象的大都会，

虽然多尔在欧洲花了一百年的时间去研究，他仍旧被纽约震撼了。高楼鳞次栉比，而且其间的空隙小得惊人。还有人流的那种密集程度！街口聚集的人，商店门口涌进涌出的人。就算多尔把整个城市的运转停下来，他发现自己还是很难在人群中自如穿梭。

他需要一些衣物，他在一家名为“Bravo！”[①]的商店里取了一条裤子和一件黑色套头衫。他在一家日本餐厅的挂衣架上找到了一件适合自己的外套。

在那些高耸入云的大楼间行走的时候，多尔想起了尼姆的通天塔。人类的欲望是否总是这样永无止境，他想。

---

① 意大利语，意为“喝彩”。

城 市

40

时针总是要回到起点的。

从多尔第一次记录下太阳阴影的那一刻起，这就成了一条真理。

还是个坐在沙土上的孩子的时候，多尔就预测到明天会有那么一刻，和今天的某一刻在同一个节点发生，后天也会有这样一刻。生活在多尔之后的每一代人，都在不断地完善这个概念，使时间的计量更为精准。

古代，人们在门口竖起日晷。后来，在市镇中心建造巨大的水钟。然后，进入机械时代——重力摆，摆轮芯轴，原始平衡摆——人们发明了钟塔，落地大座钟，最后是可以放在家具上的台式钟。

再后来，有个法国机械师在计时器的两边拴上绳子，戴在手腕上，人类就这样开始把时间随身携带。

人类计量时间的准确程度以惊人的速度在提高。尽管到十六世纪，钟表上的分针才被发明出来，但到十七世纪，摆钟的精确程度已经达到了一天只误差一分钟。一百年后，钟表的误差率缩小到了每年一秒。

时间成为一个产业。人们将世界划分为不同的时区，任何形式的交通运输都可以精确安排。火车准点出发；轮船为了准时抵港而加大马力。

人们在闹钟声中醒来。商家恪守“营业时间”。每一家工厂都有上下班的铃声。每一个教室里都挂着钟。

“现在几点？”成了世界上最常见的问题，任何一种语言教科书都会教这个问题。What time is it? Qué hora es? Skol'ko syejchas vryemyeni? ①

自然，第一个真正提出这个问题的人类，也就是多尔，在抵达了那个将决定他最终命运的大都市——那个为“再过一辈子”和“让它停下来”这两个声音提供了各种嘈杂背景音的城市——因为对于计时的了解，他在一个充满时间感的地方找到了一份工作。

一家钟表店。

他会在那里等待着钟表上的两根指针回归原点。

---

① 这三句分别是英语、西班牙语和俄语（以拉丁字母标出），都是“现在几点”的意思。

41

维克多的豪车驶入下曼哈顿区。

车子转上一条鹅卵石小路，再一个转弯进入一条弯弯曲曲的侧道。侧道一旁有家小小的店铺。店铺门上有一个草莓色的遮阳棚，遮阳棚上标着门牌号码，但没有店家的名字。店门上刻有太阳和月亮的图案。

“果园路四十三号到了，”司机说。

他的两名雇员先下车，然后帮维克多坐进他的轮椅。一个拉开店门，一个推着他进入商店。他听到轮椅铰链发出的咯吱声。

店内的空气有种陈腐的感觉，让人仿若一脚踏进了另一个世纪。柜台后面站着一个脸色苍白，上了年纪的白发男人。他穿着一件格子马甲和蓝色衬衫，鼻子上架着一副金属边眼镜。维克多看出来他是个德国人。因为常在世界各地旅行，他有很好的眼力，能够辨识出陌生人的国籍。

“Guten tag”[1]，维克多用德语向他打招呼。

那人脸上露出笑容。“你从德国来？”

“不，只是猜到你是德国人。”

“哦，这样。有什么可以帮你的吗？”

维克多移动轮椅靠近货架。他看到了各种各样的钟表——落地大座钟，座钟，厨房钟，灯钟，学校钟，带闹钟和提醒功能的钟，做成篮球形状、吉他形状的钟，甚至还有一个做成猫咪形状的钟，钟摆就是猫咪的尾巴。自然，还有大摆钟！在墙壁上，天花板上，玻璃后面，左右摇摆，滴答滴答，这个地方的每一秒都充满了这样的摇摆。有一台布谷鸟钟，整点时，一只布谷鸟现身，随后十一扇小门里各自钻出十一只布谷鸟。维克多等小鸟回到门后，开口说话。

“我想要买你这里年代最古老的怀表，”他说。

店主拍着自己的嘴，思忖着说：

“价钱？”

“价钱无所谓。”

“好的……稍等。”

① 德语，意为“早上好”。

他转到柜台后，对一个人嘀咕了些什么。

维克多等待着。已经是十二月份了，离他生命中最后一个圣诞节只剩几个星期，他决定给自己买一块表。他会要求把表上的时刻停留在他被冻起来的那一刻。在新世界醒来的时候，他会让手表重新启动。他喜欢这个具有象征意义的安排。而且不管怎么说，这是一笔好投资。今天的古董，到了几个世纪之后，肯定会更加值钱。

“我的伙计可以帮你，”店主说。

柜台后走出一个人，维克多猜他大概有三十多岁，瘦而精干，黑色的头发剪得乱糟糟的。他穿着一件黑色的套头衫。维克多猜测着他的祖籍。高高的颧骨。鼻子有些塌。中东？或许希腊？

“我想要看看这里最古老的怀表。”

那个人闭上眼睛。他好像是在思考。维克多从来就不是一个有耐心的人，他看了看店主，店主耸耸肩。

“他非常懂行，”店主小声告诉他。

“好吧，只要不花一辈子时间就可以，”维克多说。想起了什么，他笑了，好像是对自己在说，“或者再过一辈子。”

“再过一辈子。”

那人睁开眼睛。

42

之后那个星期，伊森在收容所里看起来没那么殷勤。

萨拉告诉自己这没有什么大不了。或许他累了。她给他准备了一包花生酱饼干，系上一个小红蝴蝶结，算是个小玩笑。内心深处，她希望他会吻她。但伊森看到饼干后，只是撇嘴笑了笑：“好吧，谢谢。”

她还没有向他提过他们在一起的那个晚上，因为不知道该说些什么。她羞于承认，因为酒精的作用，很多细节她已经无法想起（她，萨拉·雷蒙，在文学课上曾经背诵下整本《坎特伯雷故事集》），而且，她觉得那一晚的事情，还是少谈为妙。

她试图和他有更多的交谈，讨论她觉得他们都感兴趣的事情，就像他们在有身体接触之前那样。但情况变了。不论她挑起什么话题，伊森都三言两语就将她打发了。

“到底怎么了？”她终究忍不住问他。

“没什么。”

“你肯定？”

“我就是挺累的。”

两个人都陷入沉默，默默拆着箱子。最终，萨拉突然冒出一句：“那天的伏特加不错。”说完萨拉就觉得自己说这话说得很假，听起来也很假。伊森笑了笑，回答，“酒精最让人放松了。”萨拉笑了，但显然笑得很不自然。

走的时候，伊森举起一只手，挥了挥说：“下周见。”萨拉以为他会加上对她的昵称“柠檬……汁”；她只是想听他这么说，但是他不说，她就听到自己的嘴里居然蹦出了“柠檬……汁”这个词。哦，上帝——她就这样大声说了出来？

“是啊，柠檬……汁。”伊森敷衍着，走出门。

那天下午，萨拉在妈妈完全不知情的情况下，从自己的银行账户里取了钱，搭乘一个小时的火车，来到纽约市，给他买手表。

有时候，在得不到爱的情况下，给予爱会让人产生能够得到爱的错觉。

43

维克多不得不承认，那个伙计确实很在行。

他找到了一块 1784 年制造的怀表，怀表是 18K 镀金的，表壳上有一幅一家三口的绘画——父亲、母亲和孩子——在星空下。表盘是白色的，有突起的罗马数字。指针是银制的。表芯采用老式的边缘擒纵系统。每到整点，怀表会发声。按其年代论，这款怀表保存得相当完好。

凑巧的是，表是法国产的。

“我生在法国，”维克多说。

“我知道，”伙计说。

“你怎么知道？”

伙计耸耸肩，“你的口音。”

口音？维克多并没有口音。他想了一下，但没有深究。那一刻，他更感兴趣的是那块表，表握在掌心里感觉正正好。

“我能现在就带走它吗？”

伙计看看店主。店主摇摇头。“我们还需要几天时间确保它正常运转。毕竟是个古董。”

坐在豪车的后排座椅上，维克多想起他们还压根没有跟他提那块表的价格。

但那不重要。他已经很久没有过问过任何东西的价格了。

他服下几片药片，喝完剩余的姜汁水。胃和肾脏部位有规律的阵痛已经持续数月。他对付这种时日无多的恐惧，和他对待其他问题的方法是一致的：一步一步来。

他看了下手表。这个下午，他要和他的律师团队见面。接着，他会再细读一遍人体冷冻的文件。然后回家，格蕾丝肯定等着他，准备好她所谓的“健康”餐——淡而无味的蔬菜。这是他们之间最典型的区别，他心里在想。她的努力，不过是让他多活几天，而他，已经为下一次生命的开始做准备了。

他又想起了那块表。它握在掌心里感觉那么完美。他自己也感到奇怪，购买这块表居然让他感觉如此振奋。不过，这件事情同样不能告诉格蕾丝。

44

新闻播音员在讨论世界灭亡。

萨拉站在火车站的电视屏幕下。播音员在说按照玛雅人的日历，世界将于下周毁灭。有些人预测人将因此得到灵性上的觉醒。也有人预测届时地球将撞到一个黑洞。在世界的各个角落，人们聚集在教堂里，广场上，田野中，大海边，等待这一刻的来临。

她想把这事告诉伊森。她想把所有的事情都告诉伊森。她拿出手机，给他发了一条短信。

“有没有听说下周二是世界末日？”

她发出短信，然后等待着。没有回复。或许他的手机关掉了。或者手机在口袋里没有听到。

火车来了，她上了车。她大部分的存款正躺在她的口袋里——七百五十美元——她不知道像电影里那样款式的手表要多少钱。

45

尽管是周末，维克多的办公室里还是很热闹。

在他的公司里流行着这样一句话：“如果周六不来上班，那周日也就不必来了。”

罗杰推着维克多穿过公司走廊，一路上维克多向各种下属点头示意。罗杰高大、苍白、两颊深陷，犹如猎狗。他永远侍奉在维克多左右。对维克多，他相当忠诚，命令干什么就干什么。自然，维克多给他的报酬也相当优厚。

罗杰推着维克多进入一间会议室，五名律师围坐在一张长方形的桌子旁。冬日的阳光斜斜地穿过百叶帘照进来。

“好，现在我们的进展如何？”

一名律师向前挪了挪身体，推过一堆文件。

“维克多，没想到这事情非常复杂，”他说，“我们只能根据现行的法律来拟定这些文件。”

“这些决定可能被将来的法律推翻，”另一个人补充道。

“不是所有的事情都能得到保护，”第三个人说。

“一切取决于我们所讨论的时间长度，”第一个说话的人又作了补充。

“正常的情况下，你的不动产会由格蕾丝继承，”第四个人开口道。

维克多想到了格蕾丝，想到了格蕾丝对他的方案毫不知情。他感到了歉疚。

“继续往下说，”他指示。

“如果我们那样做，她将掌控一切。等她过世了，再把财产还给你，在这点上，法律是模糊的，将财产留给一个，理论上，已经……”

没有人接茬。

“死了的人？”维克多接话道。

那个律师耸耸肩。“更好的方法是现在就设几个基金、保险账户，以及一个特殊的信托基金……”

“……一个‘朝代信托’[①]基金，”刚才首先发言的那个律

① 朝代信托：一种无期限的信托安排，目的之一是为了让信托资产避免遗产税方面的困扰。理论上，该种信托的本金永远不能被提取，后代只能领取信托所产生的收益。这就意味着信托资产的本金部分永远也不可能被过户到后代名下。

师插嘴道。

“对，就像那种为曾孙的教育而设立的信托基金。这样，钱就可以回到你这里，当你……我该怎么说来着？”

“复活？”

“对的，复活。”

维克多点点头。他脑子里还想着格蕾丝，他应该给她留多少钱才能让她衣食无忧呢？她一直说她不是因为钱而嫁给他的。但是，如果他不留足够的钱给她，人们会怎么看他呢？

“迪拉蒙特先生，”第三个发言的律师又开口了，“当你在计划，计划那个……”

维克多的鼻子哼了一下。每个人提起这个词的时候似乎都难以启齿。

“我计划今年年底前死去，”他说，“这对我们是否有利？”

律师们互相看看。

“从准备法律文件的角度，确实是这样，”一个人说。

“那就在新年前夜吧，”维克多宣布道。

“那没有多少时间了，”一个律师似乎在抗议。

维克多把轮椅推到窗口，俯瞰着周围建筑的屋顶。

“没错，”他回应说，“我没有多少时间了……”

话没有说完，他的上半身向前倾去，瞪着远处，难以想象自己所看到的。街对面的一幢摩天大楼之上，有一个人坐在屋顶边缘，脚悬空着。他怀里抱着一个什么东西。

“你看到什么了？”一个律师问。

“有个疯子想要寻死，”维克多回答。

虽然如是作答，他还是没有把自己的眼光挪开。这并不是因为他担心这个人会掉下去。事实是，这个人的目光朝着他们的窗口，直直地看着窗口后面的维克多。

“那，接下来我们是不是要讨论你所拥有的那些商品的问题？”一个律师问。

“呃？……哦，是的。”

维克多拉下窗帘，重新开始处理他死后将带走多少财产这个问题。

46

萨拉站在钟表店门口，看着门上所画的太阳和月亮。

她觉得应该就是这里了，虽然店门口并没有招牌。

她走进店里，感觉自己像是进了一家博物馆。*哦，老天，他们不会有我想买的*，她心里说。*看看这些旧东西。*

“有什么要帮忙的吗？”

一头白发，戴着窄框眼镜的店主看起来像她两年级时的一个化学老师。他和那个老师一样也穿着背心。

“你们有——大概你们这里没有——但是就是那种手表，我想。我不知道是不是有人生产那种手表，但是……”

老人举起一个手掌。

“让我找一个懂这些事情的人来，”他说。

他从柜台后找出一个表情严肃的人。他的头发乱糟糟的，穿一件黑色套头衫。萨拉觉得他还算挺帅的。

“嗨，”萨拉说。

他点点头，没有说话。

“是电影里的一种手表。你们可能没有……”

十分钟过去了，她还在解释。

她所说的没有多少是关于手表的，更多是关于伊森和她为什么觉得这会是样好礼物。柜台后的这个人很好讲话。他非常有耐心，而且似乎一贯如此。（他的老板一定对他很宽容，萨拉想。）她既不能对妈妈讲伊森的事情，学校里也没有任何人可以讲（伊森没有告诉任何人他们俩的事，她自然也就这样做了），现在能够向一个局外人倾诉，解释他们的关系，对她来说是一种解脱，而且几乎是新鲜有趣的经历。

“有时候他挺闷的，”她说，“我发给他短信，他也不是都回的。”

那人点点头。

“但我知道他喜欢这部电影。那个手表，我觉得好像是三角形的？我想要给他一个惊喜。”

那人又点点头。一只布谷鸟钟响了。因为五点了。布谷鸟钻出来鸣叫五下。

“哦，哦，够了够了，”萨拉说，用手捂住耳朵。“让它停下来。”

那人用奇怪的眼神看了她一眼，好像她身处险境。

“怎么了？”萨拉说。

布谷鸟叫完了。

让它停下来。

两人尴尬地沉默着。

“那……，”萨拉试图打破僵局，“如果你能挑些手表给我看看，或许我能告诉你是不是我想要买的那种？”

“好主意，”店主插嘴道。

那个人走进商店后门。萨拉在柜面上敲打着手指。她看到收银机旁有一个珠宝镶嵌的盒子，里面躺着一块怀表，怀表外壳上绘着图画。看起来是样很贵的东西。

那个人又出现了，拿着一个盒子。盒子上有张电影《黑衣人》的海报照片。

“哦，我的上帝，你们居然有？”萨拉激动地说。

他把盒子递给她，她打开。里面是一块三角形的，线条流畅的黑色手表。

“是的！我太开心了。”

那个人斜着脑袋说，“那你看起来为什么这么悲伤？”

“呃？”萨拉皱着眉头问，“你什么意思？”

她转头去看那个店主，他看起来有些尴尬。

“他对于手表很在行，”店主带着道歉的口吻小声说。

萨拉努力不去理睬这个问题。谁说她悲伤了？再说了，她悲不悲伤不用他来关心。

她低头看到了盒子上的价钱。二百四十九美元。她突然感觉很难受，想要快快离开这个地方。

“好吧，我要了，”她说。

那个人用同情的眼光看着她。

“伊森，”他说。

“怎么了？”

“他是你丈夫吗？”

“什么？”她尖叫起来，又忍俊不禁，“不，上帝。我还只是个高三学生。”

她往后捋了捋头发。她的心情突然轻松起来。“我的意思是，我们或许有一天会结婚。我想。但现在……他只是我的男朋友。”

她还从来没有用过“男朋友”这个词，而且就在那个瞬间，她突然对自己在意起来，就像穿着短裙走出更衣室那一刻的感觉。那个男子也笑了。她原谅了他刚才说她悲伤的古怪评论，因为他让她说出了那个让她感觉非常美妙的词，“男朋友，”她很想把这个词再重复一遍。

47

每天晚上，太阳在纽约落下后，多尔都会爬到摩天大楼的楼顶，坐在屋檐上。

他会侧过沙漏，让这个大都会的一切活动定格，让车水马龙的声音停滞为单音节的嗡嗡声。林立的高楼后暗沉的夜幕降临，他会想象爱莉就坐在他的边上，就像他们过去一起坐看天黑那样。多尔不需要睡觉，也不需要食物。他像生活在另一个时间维度之中。当他让黑夜降临时，他会再次想起爱莉，那个戴着面纱，在新月下和他结婚的爱莉。

她是我的妻子。

尽管过去了那么长时间，他还是非常想念她，他真希望能够和她说上话，告诉她他正在经历的神秘之旅，问问她在旅程终点等待他的会是什么。他已经找到了被派到人世来要寻找的那两个人——或者说他们找到了他——但是他还是不懂为什么那个坐在轮椅上的人和那个单相思的姑娘会在芸芸众生中被选中。

他把沙漏举起来放在眼前，看着那些他身处炼狱之中刻下的符号。

就是他刻在洞壁，后来从墙上飞落在沙漏瓶身上的符号。因为他能掌控时间，所以多尔其实可以获得这个新世界中他想要的任何东西。但是一个想要什么就有什么的人往往会觉得大多数东西都不称心。而且，一个没有回忆的人只不过徒有一具躯壳罢了。

所以，在城市的上空，时间之父孤独地坐在那里，手里握着他唯一在意的东西，那个带着他的故事的沙漏。再一次，他高声自言自语起来，回忆起过往的生活：

“这是我们跑向山边 …… 这是爱莉在扔石头 …… 这是我们结婚的那一天 ……”

48

维克多看着两根针，叹了一口气。

接受肾透析治疗已近一年。每一次去都加深了他对这个过程的痛恨。他的皮下被埋入移植片，一根半英寸的管子从胳膊处的皮肤下伸出，他感觉自己像被关进了监狱，感觉自己如同一匹困兽。每周三次去医院。每次四小时。非常枯燥的过程。看着血流出来，再流回去。

他很抗拒这项治疗，不想让管子埋到皮下，也拒绝在治疗的过程中和其他病人交流，尽管医生说“和其他面临同样挑战的人交流会对你有好处的”。格蕾丝也觉得医生的话有道理。但维克多觉得他们面临的挑战是不同的：他们只不过想争取多活一两个月，而他，在计划一个新的人生。

他在一个单间里接受治疗——房间里有电脑和其他娱乐设施——他还请了私人护士。罗杰随时陪护着，他利用这四个小时的时间来工作，毯子上架一个无线键盘，黑莓手机就在床头的桌边，连着手机的耳塞在耳朵里。

一个护士夹着文件夹走进来。

“今天感觉如何？”她问维克多。她是个红发姑娘，身材肥硕，胸部和腰部的衣服像是要被撑开了。

“很不错吧，”他咕哝道。

“那就好，”她回答。

他的目光穿过她，陷入自己的世界之中。再坚持一个星期，他在想。新年之后，他就再也不用听他人的摆布，因为他将登上那艘驶入新世界的船只。

他瞥见角落里好像有个人影闪过，再定神看看，人影已经消失了。

那个人影是多尔。

他用他的方式、那种无人能够察觉的方式，在研究这幢医院大楼——在机器和医护人员之间走来走去，努力去理解治疗的过程。尽管他花了很多时间去研究，但他所看到的一切依然让他感到迷惑。总之，这是一个治疗病人的地方。这他能理解。看到现代医学的种种状况之后，他感到一种似曾相识的悲哀：爱莉在高原上，躺在一条毯子里，孤独地死去了。如果她生在这个年代，或许她的生命会更长？

一个人的寿命取决于出生的年代，这公平吗？

多尔研究了私人病房里巨大的治疗器械，看到血液是怎样流出体内，又流回去。他靠近坐在一张大椅子上、耳朵里塞着耳机的维克多——就是那个需要他去改变命运，并由此完成自我救赎的维克多。

这个维克多有多大年纪了呢？像尼姆一样，他处处受到高人一等的待遇。他皮肤松弛，头发稀疏，手臂上有老人斑，看起来他应该已经够长寿的了。但多尔注意到维克多的表情——他眉头紧锁，嘴角向下。

一个生病的人通常会感到恐惧——也有可能安之若素——但这个人看起来——很愤怒。

或者再确切点。

不耐烦。

49

萨拉买好了给伊森的礼物，现在，她需要的就是一个合适的时间和地点，把这份礼物送出去。

她不断给他发短信，但是都没有收到回复。或许他的手机坏了。但是还能怎样联系到他呢？圣诞假期之前没有多少天上学的日子了。而在学校吵吵闹闹的走廊上碰到他的机会也不多。况且，她像他那样，在学校里从来没有和他说过话。他们之间的关系是他们两个人的小秘密。

她知道他在课后有室内田径训练。所以决定去体育馆外等着，然后“碰巧”遇见他。站在走廊里，拿着包好的礼物，她的面前走过各种同学——穿着名牌服装的“辣妞”；高大、健美的运动队成员；戴黑框眼镜和造型奇特的帽子的所谓时尚人士；还有那些总挂着一副懒得搭理人的表情的同学，他们总是情绪夸张，总穿着皱巴巴的黑色 T 恤，戴着耳钉，有些像嬉皮士——她别过头去，不看他们。有些人她在高中四年期间从来没有说过一句话。这就是高中的生活之道：同学的交往自有一套规则，你必须遵守。对于萨拉·雷蒙来说，她被贴上的标签是太聪明，太胖，太古怪——所以愿意和她讲话的人不多。她一直盼着早点毕业，直到伊森闯入她的生活。伊森，神奇的伊森，居然跨越了那道界限。他想要她。*有人想要她*。有他这样一个男朋友，她感觉自己一下子长大了。她很想找人夸耀一下。

她看到两个她在三年级之后才认识的女同学——伊娃和艾什莉——正向她走来。她们穿着紧身条纹上装和贴身牛仔裤，萨拉恐怕永远也无法把自己塞进那种牛仔裤里。她们瞥了她一眼，她条件反射地低头看着自己的脚。但内心，她在呼喊：*你们知道我在等谁吗？*就在这个时候，她的手机响了——尖锐、刺耳的重金属吉他选曲，那是妈妈的来电——她赶紧将手机调成静音模式。她听到伊娃和艾什莉在笑。

她突然意识到自己站在那里有多显眼，她把给伊森的礼物塞进口袋，走开了。他肯定不会相信她会在这里偶然撞见他，如果这样，她追求他的事实，就变得无可争辩了。

走到校外，她又给他发了一条短信。

50

维克多转着轮椅进了自己的办公室，随手关上门。一抬头看到钟表店的那个伙计在他的办公室，靠墙站着。

“你怎么进来的？”维克多问。

“你的表准备好了。”

“是我的秘书让你进来的吗？”

“我想给你送过来。”

维克多停顿了一下。他挠了挠脑袋。“给我看看。”

那个伙计把手伸到包里，取出表来。真是个怪人，维克多想。如果他是自己的员工，肯定就是那种关在实验室里、呆头呆脑的技术怪才，这类人往往会在某一天突然发明某种产品，然后让公司赚得盆满钵满。

“你是从哪里学到那么多关于钟表的知识的？”维克多问。

“我以前很感兴趣。”

“现在不是了？”

“不是了。”

他打开一个盒子，拿出那块怀表，递给他。怀表的珠宝镶嵌外壳被擦得锃亮。

维克多微笑着说：“你真的让它焕然一新了。”

“你为什么要这样一块表呢？”

“为什么？”维克多吐了口气回答道：“这么说吧，我马上要远行，我想随身戴块结实的表。”

“你去哪里？”

“放松放松，休息、休息。”

那人显然没有听懂。

“放松加休闲？你是不是一直待在库房里，很少出来？”

“我一直在其他的地方，如果你是这个意思的话。”

“是的，我是这个意思，”维克多说。

维克多仔细看着他的这个访客。这个人确实有些怪异。倒不是他的衣服什么的。更多的是他的语言。他用的词都没有错，但听起来就是有些不自然，好像是从书本里硬背下来的。

“那天，在店里，你怎么知道我的祖籍是法国？”

那人耸耸肩，没有回答。

“你是从什么文章里看到的吗？”

他摇摇头。

“因特网？”

没有回答。

“我很认真。告诉我。你是怎么知道我的祖籍是法国的？”

那个人低头看着地下。过了几秒钟，他抬起眼睛，直直地看着维克多。

“你还是个孩子的时候，就想要一样东西。我听到的。现在，你想要获得的是时间。”

51

萨拉的这个主意是受妈妈的启发。

一天，在饭桌旁，两个人在吃鸡肉馅饼的时候，洛林说起她和她的女友们给一个马上要过五十岁生日的女友买了一个镯子。她们让人在镯子上刻上了祝福的话语。

洛林一说完，萨拉就想到了伊森。在手表表盘的背面刻字？她怎么就没有想到呢？

“萨拉，你还在听吗？”

“什么？嗯。”

第二天，萨拉逃了两节课（这非常不像萨拉的作为，但是她确实再度逃课了，因为她有了伊森，而他可能也需要时间来接受她）。她又坐上了火车去城里。走进那家钟表店的时候，已经是傍晚了。像上次一样，她还是店里唯一的客人。她心里很为这个地方难过，因为如果连圣诞节前都没什么生意，那这个地方还能有什么生意呢？

“啊，你好啊！”那个店主认出了她。

“我在这里买的那块手表，能在背后刻字吗？你们有这项业务吗？”萨拉说。

店主点点头。

“太好了。”

她从包里拿出手表盒，放在柜台上。她看着那扇通向后间的门。

“那个人还在吗？”

店主脸上露出了笑容。

“你想让他刻字？”

萨拉脸上露出了红晕。“哦，那倒不是。我不知道他做不做这个。我的意思是，如果他做的话。当然。不过，什么人都成。”

心底里，她希望那个伙计此刻就在店里。毕竟，他是唯一一个听她讲过她和伊森的事情的人。

“我找他出来，”店主说。

过了一会儿，多尔从门后走出来，还是穿着黑色套头衫，头发照样乱糟糟的。

“嗨，”萨拉说。

他稍稍斜过头，看着她。她觉得他脸上的表情真是再温柔不过了。

他拿起那块手表。

“你想要刻什么呢？”他问。

她已经想好了一句简单的话。

她清了清嗓子。

“你能够……”她的声音轻了下去，好像在耳语，尽管店里并没有其他人。“让时间和你一起飞？”

多尔看着她，脸上写满了疑惑。

“这是什么意思？”

萨拉扬起了眉毛。“是不是太严肃了。说实话，我觉得——这听起来很傻，是不是？——我觉得他就是，我生命中的那个人。但我又不想把这话说得太明白。”

多尔摇了摇头。“那句话，什么意思？”

萨拉不知道他是不是在开玩笑。“和时间一起飞？你知道，就是说时间过得非常快，你还没有意识到，时间就已经过去了。”

多尔的眼睛看着远方，有些迷失。他喜欢这个说法。“时间飞逝，”他自言自语道。

“是和你一起飞，”萨拉补充说。

52

葬礼后，小维克多仍然觉得，有一天，他的爸爸会奇迹般地再次出现。

他觉得，或许那个牧师，哭泣的家人，棺材，都不过是大人们遭遇事故后要经历的一个过程。在这之后，一切将恢复正常。

他问妈妈。她说他们要祈祷。或许上帝知道如何让他们再次团聚。他和妈妈在一个小壁炉前跪下，妈妈把一条头巾搭在两人的肩膀上。她闭上眼睛开始低声祈祷。维克多跟着妈妈也那样做了。他说的是："请让今天变成昨天，爸爸能回来的昨天。"

在一个洞穴里，男孩的这句话在一池冒着微光的水里升起。有数百万个其他声音，但是一个孩子的恳求是最容易被听到的，多尔被这个简单的恳求给打动了。很少有孩子想把日子倒着过回去。大多数时候，他们都急切地盼着未来。他们希望下课的铃声快快响起。他们想生日快快来到。

“请让今天变成昨天。”

多尔记得维克多的声音。人的声音就像指纹那样，虽然可能随年龄的增长而变得深沉，但注定会跟我们一辈子。多尔在钟表店听到维克多开口，就认出他就是那个男孩。

他不知道的是这个曾经想把今天变成昨天的男孩，现在追求的是拥有明天。

自那以后，维克多再也没有祈祷过。

他的母亲跳桥自杀后，他再也不相信祈祷。他也不再想回到昨天。他来到美国，懂得了只有那些最会利用时间的人才能够发达。所以他努力工作，加快生活节奏。他养成了不回忆童年的习惯。

现在，此刻，在这间摩天大楼顶楼的办公室里，这些事情被一个彻头彻尾的陌生人提起，重新浮现出来。

“我听到过你小时候的一个愿望，”那个伙计说。“就像现在一样，你要时间。”

“你在讲什么呢？”

那个伙计指着那块怀表。

“我们都渴望失去的东西。但我们常常忘了我们已经拥有的。”

维克多看着那块怀表，上面画着一家人。

他再次抬起头，那个伙计不见了。

维克多嚷嚷起来，“喂！”他觉得肯定是那个伙计在捣什么鬼，“喂！你给我回来！”

他把轮椅转到门口。罗杰正朝着他这边走来，还有夏洛琳，他的高级助手。

“有什么事情吗，迪先生？”夏洛琳问。

“看到一个人从我这里出去吗？”

“一个人？”

他注意到她的脸上露出迷惑而关切的表情。

“算了，”他说，感到有些难堪。“我搞错了。”

他关上门。他的心脏在狂跳。他是不是疯了。他从来没有感觉如此无助。

电话铃响了起来，吓了他一跳。那是他的私人专线。格蕾丝打来的电话，问他是否回家。她在煮饭。

他松了口气。

“我不知道我是否吃得下，格蕾丝。”

“那回家来吧，吃不吃得下无所谓。”

“好吧。”

“有什么事情不对劲吗？”

维克多看了一眼怀表。他想起了他的父母，眼前浮现出他们的脸庞，这是很多年没有发生过的事情了。这让他感到恼怒。他需要重新回到自己原有的轨道上去。

“我不想再做肾透析了，格蕾丝。”

“什么？”

“这毫无意义。”

“你不能这样。”

很长一段时间过去了，两个人都没有说话。

“如果你那样做的话……”

“我知道。”

“为什么？”她的声音在颤抖。他可以听出她哭了。

“反正我也活不下去了。我讨厌被连在那个该死的机器上。你听到医生说的话了。”

她在电话另一头喘着粗气。

“格蕾丝？”

“回家来吧，我们再谈谈，好不好？”

“我已经下定决心了。”

“我们可以再谈谈。”

“好的，但在这一点上，不要和我争辩了。”其实，他更想把这句话用在他真正的计划上——把自己冰冻起来，赢得另一次生命的机会。但是，他知道她不可能接受这个想法。所以他还是这么说了，想法是真心的，但所针对的事其实是另外一回事。

“我不想和你吵，”她低声回答，“你先回家来吧。”

53

说好了。伊森在圣诞夜和她见面。

在唐肯甜甜圈店，她知道那个地方圣诞夜也开门营业。之所以这样安排完全是一个意外——但是萨拉却觉得这是命运的安排。

伊森还是没有回她短信。在离开了那家钟表店后，萨拉在路上又看到了一个“世界末日”聚会，不知道为什么这触发了她打电话给伊森的念头，虽然她知道伊森几乎从不回电话，她还是冲动地拨了他的号码。

她听到他说“哈喽”的时候，心脏好像一下子跳到了喉咙口。她脱口而出：“你肯定猜不到我在看什么。”

“你是谁？”

“萨拉。”

停顿。“嗨，萨拉。我还以为我拨了……这个破手机。”

“猜猜我在哪里？”

“我不知道。”

“华盛顿广场公园里的世界末日集会。”

“真是疯了。”

“我知道。是很疯狂，对不对？他们说世界下周就要灭亡了，我还有样东西要给你，所以我得赶紧给你。”

“等等。世界末日集会是什么？”

“我不知道。是印度教，或者其他什么教的集会吧。都是一群怪怪的人。”

对于这个假说，她其实知道的不少，但她不想让自己听起来太聪明。在和男孩子交往的过程中，聪明从来没有让她因此而受益。

“那我们什么时候见个面，我还有东西要给你。”

“你不需要送我什么，萨拉。”

“那不算什么。圣诞节么，对不？”

“嗯，我不知道……”

电话的那头是尴尬的沉默，萨拉觉得自己的肚子抽紧了，很不舒服。

“用不了多少时间。”

“好吧，”他终于说。

“世界末日都要来临了，能要多长时间呢，对不对？”

“我知道了。”但他的语气一点也不像听明白了她的意思。

他们决定圣诞夜在唐肯甜甜圈店见面——他那天晚上反正

要在这家店附近参加一个派对——挂上电话以后，她挺开心的，因为这事总算有了进展。她努力不去理会他冷冷的语调，告诉自己单凭电话这东西，并不能判断他对她的态度。而且她觉得，等他看到那块手表，他会开心的。没有人会送他这样特别的礼物。

她又想起了他吻过她。他想要得到她。有人想要得到她。这一次，她告诉自己，她会让自己更放得开。她会让他得到更多。他会开心的。想到能让他开心她就很兴奋。

她看着那些参加末日聚会的人，有的人举着标语，有的人穿着代表他们信仰的服装。在一张桌子旁，有一小群人正在演奏一首歌曲，歌曲飘入了萨拉的耳朵：

为什么阳光还照耀着大地？
为什么海浪还拍打着海岸？
它们还不知道么——世界的末日就要来临
因为你已不再爱我？

真是让人沮丧。而且就集会的主题来说，这歌也并不合适，她心里想。但女歌手的声音是那样悲伤、哀愁，她忍不住又听了下去。

为什么鸟儿还在歌唱？

为什么星星还在眨眼？

它们还不知道么——世界的末日就要来临？……

她从桌上拿起一本小册子。小册子的封面上写着："世界的末日就要来临。你会用你剩余的时间做些什么呢？"

好吧，现在还只是周三。她希望能够减掉一到两磅体重。

54

格蕾丝等着维克多回家。

她擦干眼泪，开始切蔬菜。

洛林等着萨拉回家。

她给家里吸了尘，点上一支烟。

很快就要发生了。

地球上的每一个人——包括格蕾丝，洛林，维克多，萨拉——将在瞬间被定格。

有一个人要行动了。

放手

55

维克多已经做好了准备工作。他知道死亡意味着什么。

一旦停止肾透析，他的血压就飙升，人变得浮肿，后背疼痛，胃口丧失。他已经预期到这些症状的出现。他逼迫自己吃面包，喝汤，服用食物补充剂，因为他不想一下子就瘫掉。

圣诞快来了，他们在客厅里放了一张床，他从轮椅被挪到了床上。格蕾丝整夜陪着他，困了就在边上一张沙发椅上将就打会儿盹。她接受了他的选择，但是，他之所以这样选择的原因，和她接受他的选择的原因，正好是互相矛盾的——在格蕾丝想来，死亡是一件自然发生的事，是上帝的旨意。所以，如果他想要停止透析，安静地等待生命的终结，那么她也愿意顺从他的意愿。

第二天早上，维克多还是叫罗杰拿来一叠文件，她强忍住眼泪。不要生气，她一边这样告诉自己，一边把插着吸管的水杯拿到他嘴边，这是他想要留住生命的表现，不到最后一刻，他是不会忘记他的文件、他的生意的，他就是这样的人。她不知道的是，罗杰带来的文件是维克多为了保护自己的财产，为了下一辈子的商业帝国而签署的文件。

她把杯子送到他唇边，维克多接过来自己拿，没有让格蕾丝替他端着。他啜了一口水，放下杯子。他看到她脸上关切的神情。

“没事，格蕾丝。反正事情就是这样了。”

但是，按照这个世界的运行秩序，事情不该是这样的。

不是这样的。不是把自己冰冻起来，等着再次活过来。但是，维克多决心要掌控自己的死亡，就像他掌控自己的生命一样。他的手脚越来越麻木，皮肤呈现出病态的灰色。这是肾衰竭晚期的症状。死亡就在眼前。没有人想到会有另外一种可能性——在死亡来临之前冰冻起来。当这一切发生的时候，只有罗杰、杰德，还有一个精心选择过的医生和验尸官在场，而且这四个人都已经拿了钱，承诺对此保持沉默。

死亡，就纸面意义而言，将在他们写的那个时刻到来。

但是，死亡还抓不住维克多。

他会躲过。然后，纵身跳上通往未来的生命之舟。

“听着，格蕾丝，”他说，他的嗓音沙哑。“我知道这一切对你来说很痛苦。但是一旦我走了，所有的事情都已经安排好。所有的书面文件，我的意思是。罗杰会帮你打理这一切的。重要的是……”

他想着他接下来该怎么说。他不想撒谎。

“重要的是，你永远不需要担心。”

她的眼睛湿润了。

“我从来没有担心过，”她说。

她拿起他的手。她抚摸着他的手指。

“我会想你的，你知道。”

他点点头。

“非常想，”她补充道。

两个人紧紧抿着嘴唇，维克多费力地咽着口水。就在这一刻，他想要向她坦白一切。但是，这种时刻，要么抓住了，要么就过去了。

他让这一刻过去了。

“我也会这样，”他说。

56

她觉得，伊森将是她唯一爱的男孩。但是，他并不爱她。

圣诞之夜，九点十六分，这成为一个确凿无疑的事实。在唐肯甜甜圈店外的停车场，萨拉拿出了那个包装鲜艳的礼物盒，里面装着他最喜欢的电影里出现过的、刻着字的手表。萨拉终于吐出了一句深藏在心里，只向那个钟表店伙计倾诉，只对卧室里的镜子说过的话。这话藏在她心里，好像一颗要爆炸的恒星。但话还没有完全说完，还没来得及吐出最后一个字，他的反应已经让一切变得明白无误。她说，“我真的…… 我知道这很疯狂…… 我真的爱你，你知道吗？”他翻着眼珠子，那神情像是立刻要找周围的朋友吐槽：“你能相信会有这样的事情发生吗？”

她恨不得自己即刻融化，像团热蜡那样流入阴沟盖子，消失。他的眼神。他的表情。没有兴趣。绝对的羞辱。从她讲完到他开口，那尴尬的几分钟时间，于她而言犹如过了好几年般漫长。“听着，萨拉，我得走了。”她想去解释，把刚才的那些话删除。她能够等。她能够永远等下去。请不要毁了它，不要结束它。但是他把礼物，还没有拆封的礼物，退还给她，双手插在口袋里，然后扬长而去。走出半个街区，他从口袋里掏出手机，拨了一个电话——谁呢？别的女孩？或是他的朋友，告诉他们刚刚有个白痴向他表白，说他是她的“心上人”（她真的这么说了吗？）天哪，萨拉，你脑子坏掉了吗？这一切发生之后，停车场上的萨拉将自己交给了一个任何人都看不见，只有她自己知道的新伙伴——一个魔鬼，一个阴霾密布的家伙。魔鬼用尖锐的爪子掐住她，说，“现在，你就跟着我活下去吧。”

萨拉·雷蒙只有十七岁，但从那一刻起，她觉得生活已然没有意义。她感到孤独。感到被遗弃。而这一切都是她自己的错。她怎么就毁了这段宝贵的感情呢？像伊森这样的男孩，本来根本不可能多看她一眼，事到如今，就更不可能再理睬她了。他们曾经吻过，他还想要得到她。但她拒绝了，显然他觉得既然如此麻烦，那就不必了。其实，她一直知道自己并不是真的坚持——为什么她就不顺着他，让他想怎样就怎样呢——她为了谁在守身如玉呢？难道她的生活中，还会有比伊森更棒的男孩出现吗？

她觉得昏沉沉的，肚子有点疼。她把那份礼物重新塞回口袋。她渴望拨他的电话，但她已经醒悟——她不能再打电话给他，她不能再见他；一切都结束了，彻底结束了，她像散了架一样倒在地上，双膝着地，痛哭起来，直哭得胸腔因抽泣而发疼。她感觉手掌因压在水泥地上，嵌入了很多小石子。她就这样手脚着地，趴在那里痛哭，直到甜甜圈店的一个员工打开店门，冲她喊道："喂，在那里做什么呢？赶紧滚！"她才晃晃悠悠站起来，踉踉跄跄地离开。碎成两半的心要比一颗完整的心重了许多。萨拉破碎的心像行将坠落的飞机，撞击着她的胸膛。她拖着沉重的身体回到家，把自己关进卧室，任由自己坠入沉沉的黑暗和虚无之中。

57

多尔坐在一幢摩天大楼的屋顶，双脚悬空。他的脚下是各式各样的屋顶、尖塔顶，以及窗口和窗户里的灯光。

他拿着沙漏。他没有将它侧转过来。他让时间自然地流淌，心里想着那个老人的各种指示。

他已经找到了这两个人。最近几天他一直跟着他们。他已经在萨拉和维克多身边，让时间停滞了好多次，以便于理解这两个人的生活。他已经感觉出维克多虽然很有钱，但依然无法挽回他的健康。而从萨拉在停车场崩溃的状态看，她爱那个高大的男孩，远远超过了那个男孩对她的感情。

但是，他们用的语言很复杂，让他感到困惑。多尔来自于一个书面文字还没有被发明出来的年代，一个如果你有什么话想对什么人说，你必须走到他们的面前讲出来。现在，时代不同了。这个时代的各种工具——电话，电脑——让人类的行动速度快得使人晕眩。尽管他们成就了很多，却不得安宁。他们不停地看这些工具，确定当下的时间——这正是多尔试图用一根棍子、一块石头和一个阴影来实现的事情。

你为什么要去测算白天和黑夜呢？

为了要知道。

坐在城市上空，“时间之父”明白了这样一个道理：知道并不意味着懂得，那是两件截然不同的事。

58

不要吗啡。还不到时候。维克多还需要继续控制局势。

他的呼吸越来越快，他的身体必须把多余的二氧化碳在变酸之前呼出去。

剩下的时间不多了。

屈指可数的访客——绝大多数是他的属下——来向他做最后的告别。也有不少其他人想来，但维克多让格蕾丝告诉他们，他没有精力见他们。这是真的，但更大的原因是他不认为自己会真的离开。濒临死亡之人往往内心充满恐惧，或面临各种各样的道别。而维克多则满心想的是他的计划。他已经制定好了离开的策略。其中包括这样的细节问题：

每年除夕，他和格蕾丝都会去参加一个慈善晚会，并在晚会上向他们的慈善基金会捐赠一大笔款项。捐赠的大小取决于维克多旗下基金当年的盈利状况。

“格蕾丝，你还是得去，”前一天晚上，他这么说。

“不。”

“你需要上台捐赠那张支票。”

“我不想离开你。”

“你的出现对很多人来说非常重要。”

“其他人也可以代表我们上台。”

他再一次撒了谎。

“这样做也是为了我。”

她有些奇怪。“为什么？”

“因为我想保持这个传统。我想你今年这样做，明年也这样做，希望能一直保持下去。”

格蕾丝迟疑了。办这个晚会最初是她的主意。维克多从来没有对此非常热心过——过去有些年他甚至还表示抗议不想去。她不知道这是不是丈夫在对她说“对不起”的一种方式。

“好吧，”她说，“我去。”

他像是松了一口气似的点点头。“这样对大家都好。”

59

下午两点，洛林在敲门，萨拉醒转过来。

“萨拉！”

“……什么？……”

“萨拉！”

“我起来了。”

“我已经敲了有五分钟了！”

“我戴着耳机呢！”

“有什么事吗？”

“没有！”

“萨拉！”

“别管我！”

听到妈妈走开的脚步声后，她让自己重又掉落到枕头里，并开始低声呻吟起来。她的头很疼，嘴唇像是麻木了。昨晚到家的时候，幸好洛林还没有回来，在锁上自己卧室的门之前，萨拉偷吃了妈妈的两片安眠药。她的脑袋还在疼，昨晚发生的一切还在脑子里打转——她说了什么，伊森说了什么。看到没有拆过的礼物还放在她的椅子上，她又哭开了。她拿起礼物，甩到墙上，哭得更厉害了。

她想起了他是如何决然而去的。她感觉如此无助。事情不可能就这样结束了。这不可能就是他们最后一次在一起。她肯定还能做点什么……

等等。或许她可以写信给他。把说的话收回来。表示道歉。那份礼物只是个玩笑。她喝多了。家里的问题。随便怎么说了。在信里她应该能更好地表达自己，不是吗？不再犯同样的错误，不会让那些会吓着他的话脱口而出。

她擦了擦眼睛。

她在书桌前坐下。

如果头脑清醒一点，萨拉应该做的事情是离伊森远远的。但是，初恋的人头脑是永远也不会清醒的。

她不想发短信给他。

她不想让这些话出现在他的手机屏幕上。她应该可以通过脸书发一封私信给他。她抓住书桌边缘，想着应该写什么。

她开始可以这样写：“听着，我很抱歉……”然后，她可以说她完全理解他为什么被吓走了，她有时候就是有些钻牛角尖，反正不管怎样，无论她说什么——只要她不太把自己当回事，他也应该不太会放在心上的。

她打开电脑。

屏幕亮了。

曾经，天各一方的恋人们在烛光下，蘸着墨水，在羊皮纸上互诉衷肠。那些话语不是轻易就会被拭去的。

他们可能要花一整个晚上去整理思路，或者不眠不休连着几个晚上。他们寄出信的时候，要写上姓名，街道的名字，城市的名字，国家的名字，他们要把蜡给融化，封上信封，盖上印章。

萨拉从来不知道曾经存在过那样的世界。现在，速度已经超越了文字本身的重要性。快速是第一重要的。如果她生活在一个更古老更缓慢的世界里，接下来将发生的一切可能都不会发生。但是，她活在当下这个世界。

事情就这样发生了。

她去浏览他的脸书页面。

首先跳出来的是他的照片，棕色头发，飘忽不定的眼神，调皮的微笑，好像被什么给逗乐了。但是，在她点击私信按钮前，她注意到他最新发的一条消息。一遍之后，她又定睛看了一遍。泪水哗地一下子涌了出来。她从头到脚被害怕给攫住。她读了两遍。三遍。四遍。

“萨拉·雷蒙向我示爱了。喔。这不是真的。这就是友好待人的后果么。”

她无法吞咽，无法呼吸了。

如果这时候她的房间着火了，她一定会被烧成灰烬的，因为她已经没办法从椅子上站起来。她的胃好像被绑在了一根柱子上，两端被拉紧。

“萨拉·雷蒙来勾引我。”

她的名字出现在了他的页面上。

“喔，这不是真的吧。”

好像一只不受欢迎的猫咪，硬是要爬上他的膝头。

“那就是给人好脸色的结果啊。”

原来是这样？他只不过是给了她一些好脸色？

她的人在发抖。她喘着粗气。他的这条消息下面跟着很多人的头像，以及他们的评论——有几十条之多。

“不开玩笑吧？”其中一条评论说。

“U + 萨拉 = 恶心”

“C 类电影：他其实没那么喜欢你。”

“哥们，她屁股太大了。”

“就知道她是个骚货。”

"快逃，傻瓜！"

这就像一场噩梦，梦见自己光着身子站在舞台上，舞台下的人指指点点。伊森告诉了整个世界，而整个世界对他表示同情。萨拉·雷蒙成了——而且永远（在网络世界，瞬间不就是永远吗？）成了被人同情、但又完全不知道自己只是被同情的可悲的女生，同龄人中的渣滓，最让人不屑的那种，一个彻头彻尾的失败者。

"萨拉·雷蒙来勾引我。"

勾引他？不是他主动来吻她的吗？

"喔，这不是真的吧。"

她真的就那么让人恶心？

"那就是给人好脸色的结果啊。"

他是在发慈悲吗？帅小伙同情丑女孩？

"她不就是那个科学怪人吗？"

"永远不要给疯子好脸色看。"

"她在发花痴吧。"

"太糟了，伊森。"

萨拉"啪"一声合上电脑。她能够听见自己沉重的喘息声——吐气，吐气，吐气。她冲下楼梯，冲出大门，网页上的那些头像在她脑海里打转，嘲笑她，过去所受到的种种屈辱又一一浮现。她又变成了那个胖萨拉，因为遭到一个女生的嘲笑而哭泣着逃回家。她又成了那个没有人爱的萨拉，连她的父亲在离婚之后也不想要她。她又变成了那个古怪的萨拉，午餐室里独自坐在角落看教科书。现在她还成了发花痴的萨拉，疯狂地跟踪伊森，伊森脸书上的一个笑话，在电脑之间肆意地传播，就像音乐会上的气球，在人们的手上传来传去，永不能落地。

她跑呀，跑呀，浑身颤抖。天空中下着小雪，泪水在脸上肆意流淌，很快变得冰冷冰冷的。她不知道该向谁诉说，该向谁寻求安慰。四周是一片黑暗，孤独，她永远、绝对、再也不能回学校去。她该怎么办？她该怎么办？

第一次，她开始考虑自杀，何时，何地。

至于为何，已是不言自明了。

新年前夜

60

晚八点。格蕾丝在镜子前试装。

她并不想去。她准备去打几声招呼，上台捐赠支票，然后马上赶回来。化好了妆。头发也做过了。裙子的拉链还没有拉上，这是过去维克多一直替她做的一件事。她把手伸到身后，摸索了几下都没有找到拉链头，直到第三次才成功把拉链拉好。拉上后，她的泪水一下子涌了出来。

她走进厨房，擦了擦眼睛，倒了些冷姜茶，把茶端给维克多。他看起来像是在睡觉。

“亲爱的，”她低声呼唤他。

他睁开眼睛，冲她眨了一下。她穿着真丝长裙，薄纱镶边，裙子上钉满小碎钻。

“看看你……真漂亮。”

她咬住嘴唇。他有多久没有夸过她漂亮了？早些年，他经常夸她，在一个乡村俱乐部跳舞的时候，他在她的耳边说：

“作为这个房间里最漂亮的女人，你有何感想？”

“我不想去。听听你的声音……”

“去吧。一个晚上不会发生什么事情的。”

“你保证？”

“快去，快回吧。”

“我给你倒了些茶。”

“谢谢。”

“让他喝一点，”她对罗杰说。罗杰尽责地站在屋子的一角。然后，她又转过身子看着她的丈夫。

“喜欢这对耳环吗？三十周年纪念日的时候你送给我的，记得吗？”

“是的。”

“我一直很喜欢。”

“真的很美。”

“我出去几个小时就回来。”

“好的。”

“我会尽快赶回来的。”

“我会……”

他的声音弱了下去。

“你说什么，亲爱的？”

“这里，我会在这里等你的。”

“好。”

吻了吻他的前额，拍拍他的胸脯后，她毅然决然地站起来，忍住泪水，走了出去。高跟鞋踩在门厅的大理石地砖上，发出“笃笃笃”的声音，那声音渐行渐远。

悲伤的维克多充满了负疚感。

他对格蕾丝所说的最后一句话是一句谎话。她回来的时候，他已经不在了。她走了之后他也将离开，去人体冷冻公司。这就是他的计划，也就是他鼓励她去参加那个晚会的真正原因。

他几乎想把她叫回来。但他感到一阵晕眩。他无力地垂下头，侧躺着。过去这些日子里他所计划的一切，他的整个成人生涯，即将在未来的几个小时内终结，升华。现在不是脱离既定计划的时候。按着计划一步步走下去……

不过……

他招呼罗杰过来，罗杰弯下身凑过耳朵，他低声嘱咐了几句。

“你明白了吗？”他的嗓音很嘶哑，“如果那样的情况发生，不要犹豫。”

“我明白了，”罗杰说。

维克多微弱地吸了一口说，“好，那让我们出发吧。”

61

晚八点，洛林在穿衣镜前试衣服。

她痛恨新年晚会。但每年她还是会出席。她和那些离了婚的朋友们达成约定，在这种能让孤独的人更孤独的夜晚，她们不会让任何一个朋友落单的。

她往头发上喷了些发胶。她朝着过道的方向瞥了瞥，想看看萨拉有没有出现。她为她担心。已经有五天时间了，她几乎没有走出过房间，身上则一直穿着黑色运动裤和绿色的旧T恤。她很想问问她，那天穿上高跟鞋，究竟是和谁碰头，可是一旦提及这个话题，萨拉立即就不睬她了。

洛林还记得她们一家三口迎接新年的情形。有一年他们一家三口去市中心的时报广场，一边打着寒战一边看巨大的彩球在午夜来临的那一刻坠落。萨拉那一年七岁，还能够坐在汤姆的肩头。她吃着从街边小贩那里买的蜂蜜核桃仁。萨拉和成百上千的人一起高呼：“三……二……一……新年快乐！”

那一晚，洛林很开心。她拍了很多照片。但是，回到车上后，汤姆擦拭着头发上的雪花，抱怨说："以后，我们再也别来了吧。"

她走到萨拉的房门口，敲门。

她听到里面在放音乐。曲调舒缓，是一个女歌手在唱。

"宝贝？"

没有立刻回应。

"什么事？"门后传来冷冷的回答。

"就来跟你说声再见。"

"再见。"

"新年快乐。"

"好。"

"我不会很晚回来的。"

"再见。"

洛林听到外面有摁汽车喇叭的声音。她的朋友们到了。

"今天晚上有什么人跟你一起玩吗？"她也很痛恨自己问这样的问题。

"我不想出去玩，妈妈。"

"好吧，"她摇摇头。"明天我们一起吃早饭，好吗？"

沉默。

“萨拉？”

“不要太早。”

“不会太早的，”洛林回答。

又传来揌喇叭的声音。

“我会打电话给你的，乖女儿。”

她走下楼梯。到门口的时候，她叹了口气。她很庆幸今年没有轮到她开车。她真的非常需要喝上几杯。

萨拉已经喝上了。她从饭厅的橱柜里拿了一瓶伏特加。

她准备在今晚结束自己的生命。这是个好时机。妈妈出门。家里很安静。没有人会发现她。新年前夜是一年之中最孤独的夜晚，不是有这个说法吗？这让她心里感到些许安慰，因为世界上某个角落说不定有人和她一样悲惨。

他们不知道这是世界的末日吗？

世界的末日就要来临，因为你已不再爱我。

她已经找出了这个女歌手的名字，下载了这首歌，并在她的手机里来来回回地放了四天了。她几乎没有离开她的房间。没有洗澡。也几乎没有吃什么东西。一天前，妈妈撞见她从卫生间出来，穿着黑色运动裤和绿色旧 T 恤的时候，妈妈问她：

“宝贝，你怎么了？”萨拉撒了谎，说她忙着准备申请大学的事情，所以才会那么邋遢。

她就着瓶子，喝了一大口伏特加，感觉喉咙里火烧火燎一般。我死了之后，或许他们会询问伊森关于伏特加的事情，她想。他或许会承认几个星期前他还和他完全不感兴趣的女孩子一起喝酒来着。她知道自己绝对无法再面对他，也不能面对任何认识他的人，任何认识他们两个人的人，那就是全部所有的人了，不是吗？既无处可逃，也无处藏身。在班级里，就算永远低着头，她也没有办法躲开别人的目光。她知道事情会怎样发展。每个人都会议论她。在背后嘲笑她。那个帖子后面会有越来越多的评论。“真的吗？”“快逃，傻瓜！”“就知道她是个骚货。”上帝啊！如此这般地攻击她，他们会有多开心，他们会和伊森一样，嘲笑像她这样一个失败者还会妄图高攀上一个完全不属于她阵营的人。她感觉到自己一钱不值，空虚绝望。而且对于发生的这一切完全束手无策。

当希望都消失了之后，活在人世的每一分每一秒都是一种惩罚。

“结束这一切吧，”她低声对自己说。

她拿起伏特加瓶子和手机，踉踉跄跄向着车库走去。

62

“时间之父”一直看着他们两个。

他站在维克多将死之躯的旁边，看着罗杰把维克多装进一辆车里。他跟着那辆车来到了人体冷冻公司。停车库的门吱嘎吱嘎地打开了。

他看到世界富人排行榜上位列第十四名的富翁像一件货物一样被卸了下来，运到了库房里。

离新年的到来还有一个小时。罗杰和杰德把维克多躺的病床扶手给降下来。一个医生和一个验尸官在旁边低声交谈。他们拿着文件。边上有个浴缸一样的盆。那盆足够容得下一个人，里面装满了冰块。

维克多几乎没有多少意识了，他的呼吸短而急促。医生问他是不是需要镇静剂，他摇了摇头。

“文件都准备好了吗？”他含糊地问。

验尸官告诉他是的。维克多深深吸了口气，闭上眼睛。他清醒时意识到的最后一件事情是，杰德——那个负责人体冷冻的人，把他手抓着的怀表取了下来，说：“我保证，会替你保管好的。”

四双手伸到他的身体下面，把他抬起来。

多尔站在房间一隅。

他侧过他的沙漏。

同时，在纽约郊区的一个车库里，萨拉·雷蒙转动汽车钥匙，发动了那辆福特车。

现在她要做的就是等待。排气管里排出的尾气会结束这一切。很简单。她不想受罪。她又就着伏特加酒瓶喝了一口，一些酒洒了出来，流到她的下巴和衣服上。她的手机还在一边放着那首歌，虽然汽车引擎的声音让歌声变得模糊不清。

早晨醒来，我不懂得
为什么世界还是一样
我不懂，哦，我不懂
生活怎么还能一如既往。

“别管我，”萨拉嘟哝着，脑海里浮现出伊森，一个趾高气扬、头发浓密的小伙子，以及他走路时的样子。他会后悔的，她告诉自己。他会为她内疚。

为什么我的心脏还在跳动?

她变得越来越迷糊。

为什么我的眼睛在流泪?

她瘫倒在后座上。

他们不知道吗

她咳了起来。

世界的末日已经到来。

她还在咳嗽。

你和我说再见时,那就是世界的末日。

她睁不开眼睛。然后,一切好像都停止了。透过车窗玻璃,她隐约觉得有人走近了,她听到他的叫声。

63

多尔深感挫败，大叫一声。

除了转过沙漏，他还能做什么呢？他可以让时间慢下来，但不是完全停止。那些他研究的汽车并没有完全停止不前，而是以无限缓慢的速度在移动。那些他研究的人们都还在呼吸，只不过速度慢到他们自己都不知道这一刻的存在。

那个沙漏的力量让他能够扭曲、拉伸特定的某一刻——这是一种他也不能完全理解的能力——但多尔明白单有这个能力是不够的。最终，这一刻还是会过去。最终，维克多还是会被冰覆盖。最终，一氧化碳将充斥萨拉的血液系统，她会缺氧，神经系统中毒，心脏停止跳动。

他被送到这个世界，不是来面对这样的结果的——看着他们死去。他们是多尔的任务，他的命运。但是在他能够做出任何影响他们的事情之前，两个人都采用了极端的方式。他失败了。一切都太迟了。

除非……

一切都不会太迟，也不会太快，那个老人曾经说过。事情该发生的时候就发生了。

多尔蹲在车道旁两个垃圾桶边，掌心合拢，紧紧贴住嘴唇，眼睛使劲闭着。在洞穴中，为了不受水潭里冒出来的成千上万的声音打扰，他经常摆出这样的姿势。

事情该发生的时候就发生了。

这一刻？但他怎样才能留住这一刻呢？多尔努力回忆他所有的对于时间的理解。

什么是永恒？

运动。是的。有时间的流动就会有运动。落下去的太阳。滴下来的水。钟摆。漏沙。为了完成他的使命，这些运动都必须静止。他需要让时间完完全全地停下来……

他睁开眼睛，迅速站起来。他打开车门，一手托住膝盖，一手托肩膀，把萨拉抱了起来。

旧的一年就快过去了。新的一年再过几分钟就要来了。时间之父抱着快要死去的女孩走到雪里。月光下，挂在空中的雪花清晰可见。

多尔抱着女孩走在冬日的街头，交通已经停止，各种建筑物的窗口里还亮着派对的灯光。

萨拉的头垂在他的胸口，眼睛似睁似闭，向上看着他的方向。他很为这个女孩心痛。*一个无法忍受时间的女孩*。那个老人是这么形容她的。

多尔想到了自己的孩子们。他不知道他们是不是也会如此不快乐，不快乐到想要离开这个世界。他希望这样的事情没有发生在他的孩子们身上。但是，他不也曾经很多次希望自己的生命早早结束吗？

他沿着高速公路走啊走，穿过一个隧道，经过一个体育馆停车场，停车场上有跨年通宵嘻哈音乐会的广告牌。按照他的计算，走到那个黑黢黢的工业园区和人体冷冻公司花了他整整两天时间，而在我们的钟表上，不足一秒。

他必须把萨拉和维克多带到一起。如果这个时刻就是事情注定发生的时刻，多尔无法在一个时刻里穿越两个现场。

他抱着萨拉来到那幢放着玻璃纤维舱的库房，在一堵墙边上，他把她放下。然后他走到那间他们正在为维克多做最后的准备工作的房间。维克多的床边站着好几个人，他把维克多从床上抱起来，也抱到库房，放在萨拉边上。他用拇指先后放在两人的手腕处，等了很长时间终于探测到了脉搏。他们都被定在了那一刻，但都还活着。

这意味着多尔的计划还有一线希望。

他在两个人之间蹲下来，拉过他们的手放到沙漏上。

他把他们的手指绕在沙漏的扭花立柱上，希望这能成为他们力量的源泉。然后他伸手抓住沙漏的顶盖，牢牢抓住，然后转动。

顶盖松开了。他猛力一拉。盖子飘浮在空中，一道蓝光从上而下射在他们三个人身上。多尔看到沙漏上半个玻璃球里的白色沙子露出来了。那些沙子非常细腻，闪烁着晶莹的光芒，好像钻石一般。

寰宇之内，每时每刻，尽在于此。

多尔有些犹疑。或许他是对的，他的故事还没有完全结束；或许他是错的，他的故事就这么终结了。

他并拢大拇指和食指，并小声呼唤着“爱莉”的名字——那是因为他觉得如果他要死了，这应该是他最后所说的话——然后将手伸进沙子，手指直指连接上下玻璃球的管道，那分隔着已经掉落和尚未掉落的沙子的管道。

即刻，他的脑子变得乱哄哄的，里面出现了成千上万个影像。他的手指在颤抖，肉从骨头上化开，骨头变得越来越长，越来越细，像棍子一样穿过沙漏中间狭窄的连接处。宇宙间的每一个时刻都从多尔的意识中流过。他的意识也像那些流动的沙子一样，穿越了已经发生的，既而流向尚未发生的时刻。

最终，用一种超人类的力量，他并拢了两根棍子一样的手指。眼前飘过的绚烂色彩让他几乎无法张开眼睛。他的头也被那股力量冲击得朝后仰去。

他抓到了一颗沙子，就在这颗沙子要掉落到底的时候。

接下来发生的是……

从洛杉矶到的黎波里海岸，汹涌的大海波涛停在了半空。

云不再动。气不再流。墨西哥上空的雨挂在了半空，突尼斯的沙尘暴就此定住，成了空中的雾帐。

地球上没有一点声音。飞机悬浮在跑道上。吸烟的人吐出的烟圈像固体一样凝结在半空。电话没有声音。屏幕白花花一片。没有人讲话，也没有人呼吸。地球上一半是黑夜，一半是白天。迎接新年的礼花铺洒在夜空，青一道紫一道，好像孩子们用苍穹做画布，画了一幅没有完成的画。

没有人出生。也没有人死亡。没有两个人变得更近。也没有人变得更远。我们总说时光飞逝如电，但此刻，时间就这样停了下来。

一个人。

一粒沙。

时间之父让整个世界停止运转。

停顿

64

维克多以为会很疼。

除却癌症和正在腐烂的肾脏所带来的痛楚不说，他预计人体冷冻时突然的身体降温会带来巨大的痛楚。因为有一次参加运动会——为了庆祝——一桶冰凉的水倒在了他的头顶上，当时他感觉像无数把小刀刺刮着头皮。他无法想像全身浸在冰块里的感觉。当他在那个机器里闭起双眼时，他准备好了去承受那样的痛苦。

但是，他突然变轻松了，那种久已忘却的行动自如的感觉又回来了。他抓住床的一边——只不过他看到的不是床，而是……一个类似于沙漏一样的东西。他发现自己是在放置玻璃纤维舱的库房里……发生了什么?

他站起来。

没有任何痛苦。

不需要轮椅。

“你是谁？”一个姑娘在问。

65

萨拉以为她抓住的是方向盘。

但完全清醒后，她发现抓的是一个样貌古怪的沙漏的柱子。我是在做梦吧，她想。肯定是的。怎么会到一个从来没有来过的房间？边上怎么会有一个穿睡袍的老头，躺在地板上？她感觉不出自己的身体有什么不适，连酒精带来的晕眩感也过去了，所以她站起来，东张西望。她觉得自己身体轻盈，无拘无束，有种像梦里双脚不在地上的感觉。

等等……

她抬起双脚踩了踩，感觉不到地板的存在。

等等……

车库去哪里了？汽车呢？那首歌呢？她突然想起之前那种令人窒息的黑暗，以至于她一心寻死。那么，她死了吗？她这是在哪里呢？

她从仓库走出来，穿过一条走廊，来到一个小房间门口。

她往里张望了一下，看到的情景让她不禁瑟缩。她觉得自己看到的是四个男人围绕着一个大浴缸站着——但他们一动不动。没有声音。突然间这一切似乎是在做一个和僵尸有关的梦，她赶紧回到她刚醒过来时的那个大房间。她看到老头已经站起来走动了。

“你是谁？”她尖叫起来。

他盯住她看。

“你又是谁？”他反问道。“你怎么会到这里？”

她其实完全没有料到他会开口回答她——更别说诘问了。她突然感到了害怕。如果这不是一个梦呢？她到底做了什么？她看到仓库里只有靠近货物装卸区的地方有一扇门开着，她冲了出去，来到雪夜的天空下。不远处的路上有辆汽车车灯亮着，但没有移动。加油站看起来好像开着，但一个加油的客人握着加油管一动不动，像守卫一般。最奇怪的是，雪花都悬在半空中。萨拉伸手试图拍打那些雪花，但她的手却触碰不到，而是直接穿了过去。

她倒在地上，蜷缩成一团，紧紧闭上眼睛，用手捂住脸，不知自己是死是活。

66

维克多怀疑自己是不是身处两个世界之间。

他曾有所耳闻，一些人有过漂浮起来的濒死经验。或许因为他在尚有生息的时候就被冰冻起来，所以他也会有这样的体验。身体给冻住，灵魂却开始漂浮。没有轮椅？没有拐杖？虽然没有科学依据，但脱离了血肉之躯后能够有这样的境界应该还算不错。

不过有两件事情他还没有想通。

他怎么还在自己的身体里。

那个女孩又是怎么回事？

她穿着一件绿色 T 恤和黑色运动裤，他完全不认识她。这只是一个偶发的臆想？那些出现在梦里、模糊的、不能够辨识的人？

随便吧，反正她也走开了。他走过那个巨大的、储存着液态氮的玻璃纤维舱，心想不知道在另一个维度的世界里，他是不是已经被放置在里面了。或许是那样的。他的身体进去了，灵魂还在外面游荡？为什么他离开的那个世界，时间没有一分一秒停歇，而在这个空间里时间却像是凝固了？

他试着去摸那个圆柱玻璃舱，但无法触碰到。他还试着去抓舱外的扶梯，也还是毫无知觉。也就是说，他无法感触任何他能够看到的东西。就好像看着镜子里自己的影像。

“这是什么地方？”

他转过身。那个女孩回来了。她抱住双肘，好像很冷一般。

“为什么我在这里？”她在发抖。“你是谁？”

现在轮到维克多弄不明白了。如果是他的灵魂在游荡，那么此刻发生的事情就无法解释。这个空间里居然还出现了一个人，意识健全，而且还在提问。

除非……

她的身体也在那个冷冻舱里？她，也被冰冻起来了？

“这是什么地方？”她又问了一遍。

“你不知道？”

“从来没有来过。”

“这是一个实验室。”

“什么实验？”

"储藏人体。"

"储藏……什么？"

"冷冻人体。"

她瞪大了眼睛，后退一步。"我不要……我不要……"

"不是你，"他推断道。

他走到冷藏舱，再次想要用手去碰。但还是碰不到。他看到标着号码的白箱子和里面的花，抬腿去踢，箱子和花都纹丝不动。

他无法解释这些事情了。他的身体？那个女孩？他精心安排的那个计划？他转过身，一屁股坐在了地上，却还是像悬浮在空中的感觉。

"那些东西里面有人在？"她问。

"是的。"

"那你应该是在里面的？"

他看向别处，没有回答。

隔着点距离，她在他旁边也坐下。

"上帝啊……"她轻声地自言自语道，"为什么？"

67

很多年了，维克多基本不向陌生人讲述自己的生活。

他几乎从来不接受采访，因为他觉得在金融界，秘密才是武器。无意间泄露的信息可能给对手机会，转眼间就将自己陷于不利之地。要么领先，要么死亡。这是生意场上的两种活法。只有这两种情况。要么领先，要么死亡。

现在的维克多·迪拉蒙特，既没有领先，也没有死亡。

这个场景——这个毫无意味的人体冷冻实验室——要么意味着惩罚，要么意味着幻象。无论是何种状况，维克多已经没有必要保守任何秘密了。所以他把几乎从来没对任何人说过的事情告诉了这个穿着运动裤的女孩，关于他的癌症，坏掉的肾，肾透析，超越死亡获得第二次生命的计划等。

他告诉她，他不应该出现在这里，在这个仓库。他告诉她，他应该在很多年后醒来，成为一个医学史上的奇迹，而不是变成一个鬼魅。

她听他的故事。在讲到一些科学依据的时候，她还理解地点点头，这让他有些意外。这个女孩比她看起来的样子要聪明——因为她看起来像是个睡在公园长凳上的流浪汉。一直讲述到自己再过几秒钟就会在另一个房间里被完全浸到冰块里的时候，他打住了。好像他已经说得太多了。

在讲述的过程中，女孩曾问过他妻子对于他的冷冻计划作何感想。

维克多犹豫了一下。

“哦，”女孩自己回答了自己的问题，“你没有告诉她。”

她确实要比看起来聪明。

68

萨拉·雷蒙过去什么话都对父母讲。

听维克多讲述他的故事让她想到了这一点。还是个孩子的时候，她会坐在爸妈卧室的地板上，一边玩弄靠垫的穗子，一边和他们聊学校里的事情。她是个门门功课全优的学生，在数学和科学两门学科上特别有天赋。她的爸爸汤姆是一名实验室的技术人员，他总站在镜子前，拨弄着稀疏的金发，告诉她要继续努力；如果她想将来成为一名博士，那他再开心不过了。洛林是广播电台的广告销售员，她会斜倚在床上，叼着一支烟，说，“小甜心，我真为你骄傲。现在，帮我去拿一根雪糕来，好不好？”

“你应该不需要再吃雪糕了吧，”汤姆会说。

萨拉十二岁时他们离了婚。洛林得到了房子和家具。这以后她想吃多少雪糕就可以吃多少。她还得到了独生女的监护权。汤姆得到的是重新种植的头发，一艘游船，一个年轻的女性朋友，以及梅丽莎。梅丽莎对于花时间和别人的女儿在一起没有什么兴趣。他们结了婚，移居到俄亥俄州。

表面上，萨拉站在母亲的一边，说她愿意和“好妈妈”待在一起，因为妈妈还在努力挽回这个家庭。但内心深处，和许多遭遇同样处境的孩子一样，她想念她的爸爸，并且总觉得自己对父母婚姻的失败负有责任。爸爸电话打得越少，她越想他；妈妈越拥抱她，她越是不想被她拥抱。她长得像妈妈，讲起话来像妈妈，到八年级的时候，她觉得自己就是妈妈的翻版，没有人爱，或许也不值得人爱。她饮食过度，身材肥胖，不和其他孩子交往，总把自己关在房间里学习，因为爸爸赞赏这一点，或许潜意识中她觉得这样做会拉近自己和父亲的距离。她每个学期都把自己的成绩报告单寄给他。有时候他回复她：“好孩子，萨拉。继续努力。”有时候，他没有任何表示。

到了高中，她身边几乎没有什么朋友，她的生活也几乎一成不变：实验室，书店，周末就在家里的电脑前。她知道一些派对——过去式——但那都是周一早晨在休息室里听其他同学吹嘘而已。有几个和她一起上数学课的男孩子曾经找她玩，她和他们出去过——看电影，学校舞会，游戏机房——甚至还和人亲热过几次，但纯粹是为了证实一下别人做这件事情的时候是什么感觉——但那些男孩慢慢都不再找她了，私下里她倒是觉得如释重负。她从来没有体验过心动的感觉，并且觉得自己永远也不会心动。

伊森改变了一切。他的出现，结束了她一潭死水般的生活。一想到他，她的其他各种想法就都不见了。她可以为了伊森放弃整个世界。而且她确实这样做了。

但他从来没有真正想得到她。而且，他最终还向全世界宣布了一件她一直都害怕的事情：她是个“可悲”的人。这样一来，世界于她而言就是一个无底的深渊。

维克多，那个穿浴袍的老人，把他准备将自己冷冻起来的事情告诉了她，然后她也把她的故事告诉了他。在这个古怪的仓库里，只有他们两个，他们只能向对方倾诉。萨拉觉得又累又糊涂，她觉得维克多可能还知道别的事。然而，一说到伊森，她便越讲越伤心。讲到在汽车库里那最后的时刻，陪伴她的伏特加，悲伤的歌曲和发动的引擎后，她打住了。她不准备承认自己想要自杀。至少不会告诉一个完完全全的陌生人。

他问她怎么会到这个地方的，她说她不知道——她真的不知道——她只记得自己醒过来的时候握着一个沙漏。

“我隐约觉得是有人把我抱过来的。”

“抱过来？”

“有个人抱着我。”

“什么人？”

“他是个钟表店的伙计。”

维克多震惊了。

他们听到冷冻舱后面有声音。

69

多尔咳嗽了一声。

他睁开眼睛，像从一场睡梦中醒来，其实他已经有数千年没有睡过了。他躺在地板上，他眨了好几次眼睛，才确信眼前站着的是维克多和萨拉。

还没有理清思路，他们两个已经劈头盖脸地问了他各种问题——“你究竟是谁？”“我们在哪里？”他只记得眼前乱舞的绚烂色彩，一切归于黑暗，以及在空中、在沙漏中急速坠落的那种感觉——那个沙漏到哪里去了呢？——然后他看到萨拉手里抓着那个沙漏，沙漏的顶盖已经盖上了。然后他意识到如果他们还活着，那么他的猜测是对的。现在他可以——

等等。

他咳嗽了吗？

“你和发生的这些事情有什么关系？”维克多问。

“我是怎么到这里的？”萨拉问。

“你是不是给我用了什么药？”

“我的家呢？”

“为什么我觉得自己没有病了？”

“汽车在哪里？”

多尔无法集中思想。他咳嗽了。他在洞中那些没有尽头的日子里，从来没有咳嗽过，打过喷嚏，甚至是呼吸急促过。

“告诉我们，”维克多说。

“告诉我们，”萨拉说。

维克多低头看自己的右手。手上又长出了肉。他还握着拳头。他松开手掌。

一粒沙子。

在洞壁上，他曾经刻过一根滚棒。

那象征着他们出生的第一个孩子。在他们那个时代，接生婆会用油和一根特别的滚棒帮助孕妇生产。几个接生婆在爱莉的肚子上用棒子滚来滚去，爱莉发出惨痛的叫声。他们为她祈祷。孩子出生了，很健康。多尔忍不住感慨，这样一种即使在最贫寒的家里也能找到的简单器械，居然能够在这么重要的事情上起到如此巨大的作用。

一位阿苏后来告诉他，只有带了魔法的滚棒才会起作用。而魔法来自众神。如果这件器物被神触摸过，普通的东西就有了超能力，奇迹就会发生。

一根滚棒能够带来一个孩子的诞生。

一颗沙子可以让整个世界停止运转。

看着眼前穿运动裤的女孩、穿浴袍的老头，他意识到自己之所以能够走到这一步，充满了奇迹。

但接下来会发生什么，要看他怎么做了。

“快告诉我们，”萨拉说。她的声音还是颤抖。“我们……死了吗？”

多尔挣扎着站了起来。

“没有，”他说。

六千多年来第一次，他感到了疲倦。

“你们没有死，”他开始解释，“你们被定在了一个时刻。”

他伸出攥着那颗沙子的手。“这一刻。”

“你在说什么呢？”维克多不解地问。

“世界现在处于停顿状态。你们的生命也被定格在这一刻——尽管你们的灵魂在这里。你们在此刻之前所做的事情已经无法改变。你们接下来将做的事情……”

他迟疑了。

“怎么样？”维克多说，“怎么样呢？”

“还没有完成。”

萨拉和维克多面面相觑。两个人都在想着他们所做的最后一件事情：萨拉在汽车座位上倒下，吸着有毒的空气；维克多被抬起来，就快要触碰到冰层，成为一个医学试验品。

“我是怎么到这里的？”萨拉问。

“我抱你过来的，”多尔说。

“那我们现在怎么办呢？”维克多问。

“有一个计划。”

“什么计划？”

“这个我也不太清楚。”

“如果你不知道计划是什么，你怎么知道有这个计划呢？”

多尔用手揉着前额，脸部的肌肉有些抽搐。

“你没事吧？”萨拉问。

“疼。”

“我还是不明白。为什么是我们？”

“你们的命运。”

“比世界上其他人的命运更重要？”

“不是更重要的问题。”

“那你是怎么找到我们的？”

“我听到了你们的声音。”

“够了，”维克多举起一只手，“别说了，够了。声音？命运？你不过是钟表店里的一个伙计。”

多尔摇摇头。“在这里，最好不要用肉眼所见作为评判的依据。”

维克多把眼睛转向别处，他向来如此，当他觉得别人无能的时候，总试图去自己解决问题。多尔抬起下巴，张开嘴。他的声音变成了一个九岁法国男孩的声音。

“让现在变成昨天吧。”

维克多马上转过身体，他认出了自己的声音。多尔的声音又马上变成了成年版的维克多的声音。“再过一辈子。”多尔又转向萨拉。他的声音变成了萨拉的声音。“让它停下来。”

萨拉和维克多互相对视，震惊得说不出话来。这个人怎么会知道他们内心的声音？

“在我找到你们之前，”他说，“是你们找到了我。”

萨拉疑惑地看着他的脸。

“你不是修钟表的，对不对？”

“我希望那些钟表都坏掉。”

“为什么？”维克多问。

多尔看着他指间的那颗沙子。

“因为我是创造了时间的罪人。”

未来

70

在人世间度过的那些快乐日子中，儿子曾经问过他这样一个奇怪的问题。

“我将来会娶谁？”

多尔笑着说不知道。

“但是你说过石头可以告诉将来的事情。”

“那些石头确实可以告诉我很多事情，”多尔解释说，“它们可以让我知道太阳什么时候升起，什么时候落下，要过多少个夜晚月亮会变得像你的脸一样圆。”

他捏了捏儿子的脸庞。男孩笑着躲开了。

“但那些事情不是更难么，”他说。

“难？”

“太阳和月亮。它们离得那么远。我只是想知道我会娶谁。如果那么难的事情你都算得出，为什么我的简单问题你不能告诉我答案呢？”

多尔笑了。儿子的问题他小时候也问过。而且，多尔还记得自己因为得不到答案而很沮丧。

“你为什么想知道呢？”

“是这样的，如果那些石头说我要娶伊塔妮，我就会很开心的。”

多尔点点头。伊塔妮是个美丽、害羞的姑娘。她是一个砖匠的女儿。她或许是会长成一个令人心动的新娘。

“那如果石头说你要娶的是吉尔黛西呢？”

不出多尔所料，儿子做了个鬼脸。

“吉尔黛西块头大，又吵闹。如果那些石头说我应该娶她，那我现在就逃，”男孩抗议道。

多尔哈哈大笑，揉乱儿子的头发。男孩捡起一块石头，扔得远远的。

“不要，不要吉尔黛西。”

多尔看着石头飞出院子。

多尔看着萨拉，想起了那一刻。

他不知道那个小吉尔黛西后来变成了什么样子——她是不是也像萨拉一样被男人拒绝呢？他想到了被他儿子扔出院子外的那块石头，以及年轻时我们以为能够像扔石头一样扔掉的命运安排——想到这里，他突然有了一个主意。

他举起那只沙漏，朝里看去。正如他所料，沙漏上半截的沙子还在上半截，下半截的沙子还在下半截。没有沙子在移动。时间停止了。

多尔攥紧了沙漏的立柱，再一次把顶盖掀开。

“你在干什么？”维克多问。

“在做我应该做的事情，”多尔回答。

他把沙漏上半截里的沙子——也就是那些还没有发生的时间——往仓库的地板上倒。沙子不停地流啊流啊。按肉眼看，就算有一百个沙漏，也倒不出那么多沙子。然后他把沙漏放下，沙漏变大了，成为沙堆边的巨大隧道，沙子一直通向隧道深处。沙子表面泛着莹莹的光亮，好像月光下的大海。

多尔脱掉鞋子，站到沙子中间。他示意萨拉和维克多也站进来。

“来吧，”他说。

他看了一眼自己的手臂。六千多年来，他第一次在冒汗。

爱因斯坦曾经这样假设，如果速度快到一定程度，时间就会相对慢下来。

所以看到未来，但不和未来一起变老，理论上是可能的。

萨拉在物理课上学过。维克多也是，只不过早了几十年。现在，在这个凝固的时空中，在这个一呼一吸的瞬间，他们要亲身去测试这个理论：在时间停顿的状态下，用比时间更快的速度前行，也就是说走进那个巨大的沙漏。而让他们走的人，那个穿黑色套头衫、一头黑发的男子，他们只知道他在钟表店工作。

“你来吗？”萨拉转向维克多问。

“我不相信，”维克多回答，“我有文件，合同。有人存心要破坏我的计划。”

萨拉咽了口口水。她很希望这个老人能跟她一起走，这样她至少不孤单了。她觉得此刻他就是她最重要的朋友。

“求你了，”她恳求道。

维克多别过头去。每一个理性的细胞都告诉他不。他不认识这个女孩。而钟表店里的这个伙计可能是任何人，骗子，江湖混混。但听听她说的。求你了。虽然听起来有点傻，但他真的很久没有听到过那么单纯、洁净的声音了。而且他的生活中，很少有人敢于这样向他提要求。

他扫了一眼那些人体冷冻设备。所有的东西都被停顿在了某个状态，无法触碰。他又看看萨拉。

在最孤独的时候，我们拥抱别人的孤独。

维克多拉起萨拉的手。

黑暗笼罩住一切。

71

起初，那种感觉像是在爬一座看不见的桥。

他们好像向上穿越一个深不见底、没有光线、一无所有的空间。什么都看不到，除了他们自己在沙子上留下的足印，泛着金色的光芒，向后飞去，陷入到黑暗中去。

萨拉牢牢攥住维克多的手。

“你没事吧？”维克多问。

她点点头，但降落的时候把他的手抓得更紧了。她在颤抖，好像前面有可怕的事情等着她。维克多想，萨拉和他不一样。他倒是很想看看自己的下一辈子是怎样的。这个女孩子经历了很多不幸的事情。不管她有多聪明，内心深处是脆弱的。

他们落到了迷雾里。迷雾散开之后，他们发现自己在一个仓库，货架上放着食品和饮料。

“这是哪里？”维克多问多尔。“我们在哪里？”

多尔什么都没有说。萨拉马上认出了这个地方。这就是她和伊森约会——那个致命的约会的发生地。“如果你想来，就到我叔叔这里吧。”对于那晚的情景，她回忆了一遍又一遍——接吻，如何一杯杯地喝酒，如何结束。突然，他，她梦中的男孩，出现了。照旧穿着牛仔裤，套头衫，他朝他们走来。萨拉倒吸了一口气。但他走过他们，视若无物。

“他看不到我们？”维克多问。

“我们不在他的时间里，”多尔回答。“这是未来。”

“未来？”

“是的。”

维克多注意到萨拉脸上的表情。

“这就是那个男孩？”他问。

萨拉点点头。看到他，让她再次感受到内心巨大的痛楚。如果这就是未来，那是不是意味着她已经离世？他独自一人，把玩手机。或许他在想她。或许这就是他到这个库房里来的原因。或许他在悼念她，看她的照片，用她看他那样的眼神。她自己都没有意识到，她在朝他走去，但就在这一刻，他的脸上露出笑容，竖起一只大拇指，喊了一声“耶！”手机发出“哔”的一声，原来他在玩游戏。

有人敲门。他去打开仓库的门，一个和萨拉差不多年纪的女孩走进来。她的头发吹过。她的手插在外套的口袋里。萨拉注意到她脸上化着浓妆。

“嗨，怎么样？”伊森说。

萨拉的心收紧了。一模一样的话。

她努力去听他们的每一句对话。她听到那个女孩说人们指责他很不公平。

“我知道，不就是吗？”伊森说。“我什么都不知道。那是她的错。整件事情都很疯狂。”

女孩脱掉外套，问伊森是否可以从架子上拿些吃的。伊森从架子上拿了两盒饼干。他还取下一瓶伏特加。

“酒精最让人放松了，”他说。

萨拉突然之间觉得自己很虚弱，像被人在膝盖处踢了一脚。她临死前最后的想法是伊森会对此追悔莫及，他将和她一样遭受内心的折磨。通过伤害自己来让别人受伤，是另一种呼唤爱的方式。但此刻，看到拿着两只纸杯的伊森，萨拉终于明白她的呼唤伊森完全不懂，就像不懂她在停车场的表白那样。

她的死，和她的生一样，对他而言都是不重要的。

她悲伤地看着多尔。

“为什么要把我带到这里来？”

墙壁好像融化，场景一下子被切换。他们到了萨拉周六工作的那个收容所。那些无家可归的人正排队领早饭。

一个老妇人正给大家发燕麦粥。轮到一个戴蓝色帽子的男人。

“萨拉在哪里？”他问。

“今天她没来，”老妇人说。

“萨拉总是多给我香蕉的。”

“好吧，再给你一点香蕉。”

“我喜欢那个女孩。她很安静。但是我喜欢她。”

“我们有好几个星期没有她的消息了。”

“希望她没有出什么事。”

“我也希望如此。”

“我会为她祈祷的。”

萨拉不敢相信地眨了眨眼睛。她没有想到那里的人知道她的名字。她也完全没有想到他们会因为她没有出现而想她。*我喜欢那个女孩。她很安静。但是我喜欢她。*

萨拉看着那个男人在其他那些无家可归者边上坐下。尽管他们的生活境况如此糟糕，他们还在继续生活，并努力活得更好些。萨拉不明白，每个周六她在这里的时候，怎么会完全没有注意到这些，而只是被一个男孩子给搞得头晕目眩。那个喜欢多要一点香蕉的陌生人都要比伊森更关心她。

她内心满是羞愧。

她转向多尔。

她困难地咽了咽口水。

“我妈妈呢？”她小声问。

再一次，场景变换。是一个白天，路边都是雪。

萨拉，多尔和维克多来到一个二手汽车交易公司的停车场。一个穿着防风外套、手拿文件夹的销售员从办公室走出来。他从他们三个之间穿过去，走到一辆灰色面包车副驾驶位置的车门边。

洛林坐在里面。

“冻死人了，”销售员对着汽车里的人说，嘴里冒出一串白气。“真的不要到办公室里来一下？”

洛林摇摇头，很快地签好了文件。萨拉小心地走近，想看看清楚。

“妈妈？”她小声呼唤了一下。

那个销售员收起文件。洛林目送着他走远。她紧紧咬着嘴唇，眼泪肆意地顺着脸颊流下来。萨拉想起了自己正是带着这一模一样的表情，一次又一次地被妈妈抱着哭过，因为在学校里遭到嘲笑，因为父母离婚。她妈妈，尽管有时候有些疯狂，却总是给她安慰，抚摸她的头发，告诉她一切都会好起来的。

但现在，萨拉却完全帮不到她的妈妈。

她看到另一个人拿着一个装着文件的信封走向汽车。那是她的舅舅马克。马克住在北卡罗来纳。他坐进司机座。

“好了，都搞定了，”他说，“没办法，还得让你亲自跑一次，他们说一定要你本人来签字。”

“我再也不想看到这辆车，”话语间可以听到她的喘气声。

“是，”他回答。

他们默默地看着销售员把那辆蓝色的福特车开到停车场后的一个角落。

“我们走吧，”马克说。

“等等。”

洛林盯着那辆汽车，直到它消失。她还是没有能够控制住，开始抽泣。

“我应该在那里的，马克。”

“那不是你的错……”

“我是她的妈妈！”

“那不是你的错。”

“她为什么会这样做？为什么我不知道？”

他侧过身去拥抱她，姿势有点勉强。两个人的冬季大外套发出摩擦的声音。

萨拉抱紧了自己的手肘。她的内心难过极了。她只想着自己的痛苦，忘记了去考虑她可能给别人造成的痛苦。她看着母亲把那只信封紧紧抓在心口，那里面装的是卖掉萨拉用来自杀的那辆汽车换来的发票，那是她从女儿那里得到的最后一样东西。

多尔站到萨拉面前。他温柔地重复着洛林刚才问过的问题。

“为什么？”

为什么？

为什么要自杀？为什么在车库里自杀？为什么要给爱她的人造成那么多痛苦？

萨拉想要解释这一切，伊森拒绝她带来的屈辱，他的那些朋友的留言对她造成的伤害，看到自己的秘密在电脑屏幕上被曝光之后的震惊与绝望的心情，对未来的憧憬在眼前活生生破碎，让你感觉喝下一肚子毒药会是一种解脱。

她想要责备伊森，责备自己一贯的糟糕际遇。然而，不知怎么的，一旦看到伊森，看到她母亲，看到她身后的世界，她便给带到了自我麻痹的幻象的谷底和尽头，现实如同一枚蚕茧，将她包裹起来。她想说的只有一句话：“我太孤独了。”

时间之父回答：“你一点也不孤独。”

说完，他用手蒙住萨拉的眼睛。

突然她看到了一个洞穴，一个长胡子的男人用手掌捂住脸。他的眼睛紧闭着。

“那是你吗？”她轻声问。

“再也见不到我爱的人。”

“有多长时间？”

“和时间本身一样长。”

她看到他站起来，在洞壁上刻下一个符号。三条波浪形条纹。

“那是什么？”

“她的头发。”

“为什么要刻呢？”

“为了记住。”

“她死了？”

“我也想死。”

“你真的很爱她？”

“让我付出生命我也愿意。”

“那你会自寻短见吗？”

“不，孩子，”他回答。“这不是我们该做的事情。”

说出这些话之后，多尔意识到，他那几千几万年的等待，就是为了这一刻的到来。他比世界上任何人都要了解没有爱而活着意味着什么。萨拉越多地谈起孤独，他就越清楚自己为什么会在这里。

“我真是一个傻瓜，”她感叹道。

“爱不会让你变成傻瓜。”

“他没有因为我爱他而爱我。”

“那也不会让你变成傻瓜。”

“那告诉我……”她的声音有些哽咽。“什么时候可以不心痛？”

“有时候会一直痛下去。”

萨拉看到洞穴中长着胡子的多尔。

“那你是怎么活下来的？”她问。“那些没有妻子陪伴你的日子？”

“她一直和我在一起，”他回答。

多尔把手从萨拉的眼睛上挪开。他们看着那辆面包车从积雪的路上开走。

“你还有很多年可以活，”他说。

“我不想要。”

“但它们要你。时间不是你想不要就不要的。某个下一刻发生的事情可能就是对你祈祷的回应。拒绝它，就是拒绝关于未来的最重要的部分。”

“那是什么？”

“希望。”

她的内心再度充满了耻辱感，她哭了。她从来没有那样想念过妈妈。

“对不起，”萨拉抽泣着说，眼泪喷涌而出。“我只是感觉一切……都完了。”

“完结的是昨天，而不是明天。”

多尔挥了一下手，他们眼前的街景化成沙子散去。天空幻化成午夜之紫，点缀着漫天繁星。

“萨拉·雷蒙，你这辈子还有很多事情要做。”

“真的吗？”她轻轻地问。

“你想看到吗？”

她思考了片刻，摇了摇头。

“不，还不到时候。”

多尔觉得她开始康复了。

72

这些事情发生的时候，维克多一直在边上看着。

他现在明白了那个女孩为什么神情惊慌，双肩颤抖，声音虚弱。她为了一个男孩去自杀（维克多觉得那个男孩看起来吊儿郎当，流里流气，不过，他也明白他的评判未必客观，因为他有些喜欢上这个萨拉了，因此可能有些偏心。）看来，她所看到的那些事情，让她明白了一个道理，这个道理如果维克多早一点认识她，早就会告诉她了。那就是：没有哪一种爱值得你去那样做。他不认为格蕾丝会为了他去死，无论他再怎么爱她；对他而言，尽管内心深处是爱她的，但他还是希望她能够继续活下去，就算这意味着她不能再陪伴他。

他仍旧弄不明白的是所有这些幻想是如何生成的，这个钟表店的伙计到底是谁。维克多注意到他和他第一次看到时的样子已经有所不同。在柜台后面的时候，他看起来强壮、健康，像完全不可能生病的那种，但现在，他苍白，冒着汗珠，咳嗽得越来越厉害。而维克多自己呢，恰恰相反，他从来没有感觉这样好过——所以他觉得这些幻象只是他残存的大脑还在工作的结果。一个人不可能就这么醒来，毛病全没了，还在时空里穿来穿去。

他看到多尔弓着背在沙子里拨弄。终于，他抬起头看着维克多："我也有必须给你看的东西。"

维克多退缩了一下。他没有兴趣看他走后的世界是怎样的。

"我的不一样，"维克多说。

"来吧。"

"你知道我是有安排的，对不对？"

多尔一声不响地站起来，然后擦了擦前额的汗，眼睛盯着手中那颗沙粒，好像有些糊涂了。他开始在沙堆中继续慢慢向前走，身体微微前倾，像在爬山。维克多转向萨拉，萨拉还处于未来一瞥的余震中。现在是维克多想要她的陪伴了。

"你来吗？"他问。

她走到他后面，两个人一起慢慢向上爬。

73

这一次，迷雾散开后，他们重新回到人体冷冻公司的仓库。

那些巨大的玻璃纤维舱看起来像一块块纪念碑。其中有一个似乎要比其他的小些，也更新一些。

“我们要看什么？”维克多问，“这是未来吗？”

多尔还没有来得及回答，门开了，杰德走了进来。他后面跟着格蕾丝。格蕾丝穿着一件棕色的大衣。她走得很小心，每一步好像都看得很仔细。

“那是你妻子吗？”萨拉小声问。

维克多咽了咽口水。他看到格蕾丝用手捂住了嘴。他无法判断她是在为他祈祷，还是在掩饰对这个地方的厌恶。

“就是这个？”她问。

“他自己坚持的，”杰德揉着耳朵说。“对不起。我完全不知道他没有告诉你。”

格蕾丝用臂膀抱住自己，不确定自己应该靠近一点，还是离那东西远远的。

“能看到里面吗？”

“恐怕不行。”

“但他的尸体在里面？”

“病人。”

“什么？”

我们称之为‘病人，’而不是‘尸体。’”

“什么？”

“请原谅。我知道这很难接受。”

两个人尴尬而沉默地站着，空气里只有轻微的电流所引发的机器震颤声。最后，杰德清了清嗓子，说，“好吧……你一个人待一会。你可以坐下来。”

他指了指那张芥末黄的沙发。维克多摇着头，像是要阻止他。他突然觉得很尴尬，不单是因为他在死亡这件事情上做了手脚，还因为这地方让他妻子坐的椅子太廉价太糟糕了。

格蕾丝没有坐下。

她谢过杰德，看着他离开。然后她慢慢地走近冷冻舱，手指轻轻滑过纤维玻璃的表面。

她张开嘴唇，艰难地呼吸着，肩膀塌陷下来，人好像一下子矮了几英寸。

“格蕾丝，没关系的。”维克托脱口而出，“这……”

她用拳头敲打起那个玻璃纤维舱。

她不停地敲打。

然后她开始踢，那么用劲，差点让自己摔倒。

平静之后，她吸了吸鼻子，走向出口，那张芥末黄的沙发她看都没有看一眼。

门关上了。仓库里死一般寂静。那寂静像是冲着维克多来的。多尔和萨拉看着他，但他转过脸，像被暴露在大庭广众之下。在他和死亡的竞赛中，他选择了相信科学家，而不是自己的妻子。他没有留给她最后告别的机会。他连一具尸首都没有留给她。这让她如何悼念他？他很怀疑她是否会再到这个地方来。

他瞥了一眼萨拉，萨拉低头看着地板，好像很窘。

他转向多尔。

“给我看看吧，”维克多悲伤地说，“如果这方法成功了会怎样。”

74

很拥挤。无法想像的拥挤。

那是维克多对于未来的第一感觉。他们跟随着沙子在巨大的玻璃容器里穿越，从虚空中降落，等待迷雾散去。他们看到的是林立的高楼，一幢接着一幢，互相挨得很紧，一个街区接着一个街区。维克多判断那应该是几个世纪之后的某个大都会。城里几乎没有绿地，除了水泥钢筋森林的蓝色和灰色，几乎也没有其他色彩。天空中飞着小到不可思议的飞行器，天空本身也感觉不太一样。天空更厚，更脏。尽管天很冷，人们好像穿得不多。他们的脸看起来和我们这个时代不太一样，头发的颜色像是从染料盒里出来的，各色各样。他们的头好像更大。男人和女人看起来没有太大的差别。

他看不到一个老年人。

“这还是地球吗？”萨拉问。

多尔点点头。

“那我成功了？”维克多问。“我还活着？”

多尔再次点点头。他们站在一个巨大的城市广场上，周围有成千上万的人。他们要么低着头在看电子装置，要么就是对着飘浮在他们眼前的黑色玻璃讲话。

“这是多远的未来？”萨拉问。

维克多又观察了一下四周。“如果要我猜的话，估计这是几百年之后了。”

他几乎要微笑了。

因为维克多以胜负来论人生，所以他认为自己赢了。

他骗过了死神，在未来得以重生。

“那我在这个世界的哪里呢？”他问。

多尔抬起手，场景变换了。他们来到了一个巨大的厅里。四周有银色和白色的光照，巨大的屋顶下，空中飘浮着很多屏幕。

维克多好像出现在每一块屏幕上。

“这到底是怎么回事？”他问。这些屏幕上播放着维克多各种人生片段。他看到三十多岁的自己，在一个董事会会议室里和人握手，他也看到了五十岁的自己，在伦敦发表一个主题演讲，他还看到了八十多岁的自己，和格蕾丝在医生的办公室里，看 CT 的结果。一群群人看着这些屏幕，好像在看一个展览。或许在未来他成了一个传奇？维克多在猜想。一个医学上的奇迹？谁知道呢？或许这栋高楼是他拥有的。

但是他们是从哪里获得这些影像资料的呢？这些时刻从来没有被拍摄过。他还看到了几周前的一个场景，维克多站在办公室玻璃窗前向外张望，看到有个人坐在一栋摩天大楼上。

“那个人是你，是不是？”他问多尔。

“是的。”

“你为什么盯着我看？”

“我在想，为什么你活过了一辈子还不够，还要再活下去？”

“为什么不呢？”

“这不是什么好结果。”

“你怎么知道？”

多尔揉搓着眉毛回答：

“因为我活了很多很多辈子。”

75

维克多还没有来得及回答，挤满了参观者的大厅里突然出现一阵骚动。

那些参观者要么坐在悬浮空中的椅子里，要么挤在墙边，他们因屏幕上所看到的景象而发出惊呼。

屏幕上出现了维克多在法国度过的童年的景象，他在父母腿上跳呀跳呀。维克多的祖母用调羹喂他吃饭。维克多在父亲的葬礼上哭泣，在母亲边上跟随她一起祈祷。让今天变成昨天。他说出这句话的时候，可以清晰地听见人群发出阵阵惊叹。

“为什么他们在看我的生活？”维克多问。“那我到底在哪里呢？”

多尔指了指展厅一角一个大大的玻璃展箱。

“那是什么？”维克多问。

“你自己看吧，”多尔说。

维克多犹豫着向前走了几步，像鬼魅般在人群中穿行。玻璃展箱前有一群人，他穿到前排，探过身子往箱子里看。

他整个人被吓住了。

展箱里面躺着他，赤裸着，皮肤略显粉红的颜色，又皱又缩。他的肌肉已经萎缩，皮肤上斑斑点点，好像被烧过，他的头上插着很多电线，电线连接着各种机器。他的眼睛睁着，嘴唇微微分开，表情痛苦。

“这不可能，”他的声音一下子提高了。“我应该复活了。我有文件。我付了很多钱！”

维克多想起律师的警告。不能够保证一切。在急于寻求解决方案的时候，他是不是忽略了什么呢？

“发生了什么？是什么人搞的？”

人流不断地从他躺着的玻璃展箱前通过，看着他赤裸的身体，好像看鱼缸里的鱼。

维克多“嗖”的一下转向多尔。“我有合同！文件！”

“现在已经失效了，”多尔说。

“我雇用了人来保护我。”

“他们也都已经死了。”

“那我的财富呢？”

“没有了。”

“我的财产有法律保护！”

“后来有了新的法律。”

维克多一下子垮了。他那个伟大的计划结果就是这样？他被人背叛了？他成了受害者？他成了未来世界里的怪物展品？

“那他们都在做什么？”

“参观你的记忆。”

“为什么？”

“来纪念人类的情感。”

维克多跪在地上。

他已经习惯于自己总能做出正确判断。难道他上辈子不犯小错误，就是为了在临终的时候犯一个弥天大错？

他看着那些观众。这些人看起来都很年轻，而且多数人都长相俊美。但他们都面无表情。

“这个时代的人都能够活得很久很久，超乎我们的想像，”多尔解释说。“他们活着的每一分钟都在做事，但他们都很空虚。”

“对于他们来说，你是一件艺术品。你的记忆很宝贵。你是他们对那个单纯的、容易让人满足的世界的记忆。这样的世界他们已经不再拥有。”

维克多从没有那样认识过自己。单纯？容易满足？难道他不是一个永远忙碌，永不满足的人吗？但在他被冰冻以后，对时间永远存在饥饿感的世界继续不断加速前进，相对于未来世界而言，他意识到多尔所说的是对的。屏幕上所有的影像都显示了他的情感。他在那袋食物被人偷走后掉下的眼泪。在公司电梯里遇见格蕾丝时他脸上腼腆的笑容。在他生命的最后一夜她沿着走廊离开时他长久注视她的目光。

他看着这一幕，他躺在床上，她穿着晚宴礼服，准备出发。

我会很快就回来的。

我会……

什么，亲爱的?

这里。我会在这里的。

他看着她消失在走廊的尽头。她以为她还能看到他。他真的那么残忍地做了这一切吗?他突然感到非常想她。他第一次，成年以后第一次，希望时间能够倒退。

在那些屏幕上，维克多注视着格蕾丝离开。看到这一幕，那些坐在椅子上的参观者们纷纷站了起来。图像切换成了展览箱内的景象，一滴泪珠从无法动弹的维克多的脸庞上滚落下来。

维克多感觉自己的脸庞上也有一滴泪。

多尔伸出手，接住了那滴掉落的泪珠。

“你现在明白了吗?”他问。“如果时间是无限的，那没有什么东西是特别的。没有失去，没有牺牲，我们就不会珍惜我们所拥有的。”

他审视着那滴泪珠。他想起了他在洞中的那些日子。终于，他明白了为什么他会被选中，经历这样的旅程。他获得了永生。维克多想要永生。多尔用了几个世纪，终于明白了那个老人最后告诉他的那句话，现在，他把这个道理和维克多分享。

“上帝限定我们在世的日子，是有道理的。”

“为什么？”

“让每一个人都变得很宝贵。”

76

然后，时间之父开始讲述自己的故事。

用越来越沙哑，伴随着越来越多咳嗽的声音，他向维克多和萨拉描述了他所生活过的那个世界。他讲到了他发明的太阳棒，用碗做的水钟，妻子爱莉，三个孩子，以及在孩提时代找过他，后来把他关在洞穴里的那个来自上天的老人。

他的故事对于他的两个听众来说，太不可思议了。多尔讲到攀爬尼姆塔时，萨拉小声地说道，“巴别塔，”而维克多则嘟囔道“那不过是个谜吧。”

讲起他在洞中所度过的时光，多尔用手遮住维克多的眼睛，让他看到洞中的情景，几个世纪的孤独囚禁，一个没有任何熟悉的事物的世界所带来的折磨人的孤独——妻子，孩子，朋友，家庭。第二次生命？第十次？第一千次？有什么用呢？那不是他的生命。

“我活着，”多尔说，“但我又没有活。”

维克多看到多尔试图逃脱，在岩壁上猛敲，试图跳进那个泛着微光的水池。他听到了那纷繁嘈杂、来自人世间的呼唤时间的声音。

“那都是些什么声音？”他问。

“郁郁寡欢的声音。”多尔说。

多尔解释说，从人类开始计算时间的那一刻起，我们就不再满足。

我们总希望能有更多的时间，多几分钟，多几小时，每一天完成更多的事情。日升日落之间的单纯的人生乐趣已一去不返。

“人类充分利用时间，有效率地去做每一件事情？”多尔说。“但这不能让他们满足。他们反而对时间更加饥渴。人类希望拥有自己的生活。但是没有人拥有时间本身。”

他把手从维克多的眼睛上挪开。“如果你计算人生，你就虚度人生。我终于弄懂了。”

他低下头。“因为我是第一个这样做的人。”

他的脸色更加苍白，头发里都是汗。

“你活了多少岁？”维克多小声问。

多尔摇摇头。第一个计算日子的人已经不清楚自己到底活了多长时间。

他痛苦地深深吸了一口气。

然后瘫倒在地上。

77

多尔的肺无法获得足够的氧气。他感染的古代瘟疫发作了。他翻着白眼珠陷入休克。

六千多年的时光流逝中，他对一切疾病都具有免疫功能：地球变老了，但他没有占用过其中一刻的呼吸。现在平衡被打破。他停止了世界的运转。而时间的停滞意味着时间之父开始消耗时间。他身上的斑点越来越多，身体一刻不如一刻。

“他怎么了？”萨拉问。

“我不知道，”维克多回答。在他们周围，未来迅速消失——那些观众，房间，那个安放他肉体的玻璃展箱，就像大火烧着的照片一样，迅速被火焰吞没。沙漏缩小成正常尺寸，沙子重又回到沙漏顶部的那个漏斗。

“我们得帮帮他，”萨拉说。

“怎么帮呢？你已经看到了他经历过什么样的事儿。我们怎么知道该如何去帮他呢？”

你已经看到了他经历过什么样的事儿。

“等等，”萨拉说。她拉起多尔的左臂，遮住眼睛。“你拿另一只手，”她对维克多说。

多尔的两只手分别遮住了两个人的眼睛。他们同时看到了这样一幕场景：多尔弯着腰看着妻子，她的脸上全是汗，皮肤通红，和他目前的状况一样。他们看到他亲吻她的脸颊，两人的眼泪混在了一处。

我会让你不再受苦。我会停止这一切。

“哦，上帝啊。她得了同样的毛病，”萨拉小声惊呼。

他们看到多尔朝着尼姆塔狂奔。他们看到他绝望的攀爬，也见证了他们同时代的人认为是纯粹胡编乱造的神话：人类历史上所修建的最高的建筑物的倒塌。

和上帝所拯救的唯一幸存者。

当看到多尔被卷入洞中，一个穿长袍的长者问他，这就是你想拥有的力量吗？他们两个同时松开了手。

他们互相看了看对方。

“你也看到的是他？”维克多问。

萨拉点点头。“我们必须救他回来。”

按照正常的生活轨迹，他们绝不会相遇。

萨拉·雷蒙和维克多·迪拉蒙特活在两个世界中，一个生活在高中校园里，吃着快餐，另一个生活在一个又一个董事会上，就餐的地方都是高档餐厅。

但无法解释的命运将他们联系在一起。在那一刻，宇宙停止转动，只有他们两个能够改变那个想要改变他们命运的人的命运。萨拉举起沙漏，维克多拧下下面的盖板。他们看过多尔是怎么做的，按照他的方法，倒出沙子，这次是沙漏下半个球的沙子，经昔之沙——然后铺开沙子，就像他铺开未来之沙一样。

做完后，他们从膝盖和肩膀处抱起多尔。

“如果这起作用了，我们会怎样？”萨拉问。

“我不知道，”维克多回答。他真的不知道。多尔把他们两个从各自的世界里捞了出来。没有了他，他们的灵魂不知会飘向何处。

“我们会待在一起，对不对？”萨拉问。

“不管发生什么，”维克多向她保证。

他们抱起时间之父，踏入沙堆中，开始前行。

没有人看到接下来发生了什么，也没有人知道他们走了有多久。

维克多和萨拉踏着时光的沙子往回走，去程途中留下的足印又闪着光，漂浮回他们的脚下。

降落后，迷雾散去。天空点缀着点点繁星。终于，在半空悬挂的雪花下、停顿的交通之中、庆祝新年到来的人们中间，一个少女和一个老人站在了果园路四十三号的门沿下。

他们等着。

门开了。

出现了一张熟悉的脸，那个店主，但他穿着出现在洞穴时穿的那件白袍。他开了门，温和地告诉他们：“把他带进来吧。”

78

他们走进钟表店，把多尔放在地板上。

“他是谁？”维克多问那个老头。

“他的名字叫多尔。”

“他是为我们来到这个世界的？”

“也为了他自己。”

“他快死了吗？”

“是的。”

老人注意到两个人脸上惊恐的表情，变得和颜悦色起来：“所有的人都会死的。”

维克多看着几乎没有了知觉的多尔，终于觉醒自己先前对他的判断是错的，同时，他也意识到自己在很多地方都错了，比如说那块怀表。多尔为他选择那块怀表并不是因为它作为古董的价值，而是因为上面所绘的家庭场景——父亲，母亲，孩子——那是他希望维克多能及时认识到他和格蕾丝之间感情的珍贵。

“为什么他会受到惩罚？”维克多问。

“他受的不是惩罚。”

“那如何解释那个山洞？那些年？”

“那是一种幸福。”

“幸福？”

“是的。他学会了珍惜他所拥有的生命。”

“但那也花了太长的时间，”萨拉插嘴道。

老人从沙漏的细颈处取下一个指环。

“你说什么太长了？”他问。

他把指环戴在多尔的手指上。多尔攥得紧紧的手指间落出一粒沙子。

“他会怎么样？”莎拉问。

“他会完成他的故事。就像你们一样。”

多尔还是一动不动，眼睛闭着，手无力地落在地板上。

“是不是太晚了？”萨拉低声问。

老人拿过沙漏，翻转过来。他举起那粒沙子，手置于沙漏之上。

“不早，也不晚，该发生的时候就发生了，”他说。

然后，他松开手。

79

我们不太会意识到运转中的世界无时无刻不在发出声音——当然，除非这个世界停止运转。等到世界重新启动之后，我们听到的声音，犹如一台交响乐。

汹涌的波涛。呼啸的风声。滴落的雨水。鸣叫的鸟雀。整个宇宙开始重新转动，时间流逝，大自然歌唱。

多尔感觉头晕乎乎的，身体在往下坠落。醒来的时候，他躺在尘土中，咳嗽着。天空中高高挂着一个炫目的太阳。

他马上感觉到了。

他回来了。

他挣扎着站起来。他面前是尼姆塔，塔的顶端已经耸入云间。沿着他脚下的路，他可以一直走到那座塔。

他深吸了一口气，转头踏上另一条路。他丝毫也没有犹豫，没有任何其他人能够有这种改变人生的机会。他要改变他的历史足印。

他掉头奔向他的妻子。

在绝望的驱动下，在令人窒息的热浪中，他奋力前行。尽管这样的体力消耗会加速他的死亡，他不会因此而慢下来。一个词语飞入他的脑海——时光飞逝——他一遍一遍念诵着，翻过山岭，来到高地。直到看到熟悉的岩石，茅草屋棚，他才慢下脚步。人们在即将达成自己的愿望的时候，都会慢下节奏，怀疑梦想是否会真的实现。他敢看吗？那些他梦想了无数次的场景？那所有支撑着他熬过永恒的东西？

他的胸口像是要裂开般剧痛。他浑身浸湿在自己的汗水里。

“爱莉？”他哭喊着。

他走进茅草屋。

她躺在一条毛毯上。

“亲爱的，”她用微弱的声音说。

她的声音和他记忆中的一模一样，在他听来，洞穴中的千百万个声音，都不及这个声音甜美。

“我在这里，”他边说边跪下来。

她看着他。

“你也病了。”

“和你差不多。”

“你去哪里了？”

他想要回答，但是他有些记不清了。那些影像迅速消失。一个老人？一个女孩？他已经回到了自己的人生之路上，那段关于永生的记忆迅速蒸发。

“我不想让你这么受苦，”他说。

“我们没有办法阻止上天的决定。”

她微弱地笑着。

“和我在一起。”

“永远。”

他抚摸着她的头发。她转过头。

“你看，”她低低地说。

他们眼前的天空正被落日的余晖染成橘色、紫色、绛红色，壮观无比。多尔在她身旁躺下。他们急促的呼吸交织在一起。过去，多尔会计算他们呼吸的次数。但现在他只是静静地听着，把那声音带入心里。他把所有的东西都带入心里。他的手无力地垂下，但在沙子上，他的手画着什么，一个顶部阔，中间窄，下部阔的东西。那是什么？

一阵风吹来，把他的沙画给吹散了。他用手指缠绕住妻子的手指，时间之父就这样重新找到了他和她的生命链接。他完全被那种感觉包围，两个人最后的生命气息触碰到彼此，就像洞穴中的水，顶部和底部弥合，天堂和人间相逢。

他们闭上眼睛，另一双眼睛睁开了，他们从地上升起，成为一体的灵魂，越升越高，好像太阳和月亮悬挂在同一个天空中。

尾声

80

萨拉·雷蒙被紧急送到医院。

她在那里度过了一整夜。医生清洗了她的肺，她的头不再疼痛。她觉得自己很幸运，幸好母亲的来电被设置成了那个吵闹的、重金属音乐选曲——那是伊森设置的。午夜来临前，妈妈打来电话祝她新年快乐。

吵闹的电话铃声让萨拉有些清醒过来，意识到正在发生的事情。她摁下车库大门的开关，拉开车门，从车上摔了出来。她在水泥地上一边爬，一边剧烈地咳嗽着，直到接触到室外的空气。一个邻居看到倒在雪地上的她，拨打了“911”急救电话。

钟声敲响十二点的时候，她被送进了急救室。而此时，海岸线上下游的人们都在欢庆新年的到来。

萨拉的推车旁边躺着的是维克多·迪拉蒙特。

他早几分钟进医院，他得了癌症，肾脏有问题。他显然没有做肾透析，医院立即给他实施了输血治疗。而带着他入院的那个人只说他肚子痛。

没有人知道维克多为什么会突然改变他的临终计划。就在他即将被放入冰块之际，他的眼睛突然睁开。他看到了罗杰。维克多那天晚上早些时候曾经对罗杰下过指令，如果他由于某种理由，任何理由，改变了对这个方案的主意，他会说出一个词，罗杰就会马上终止整个计划。

你明白吗？一旦那样的情况发生，一点也不要犹豫。

我明白了。

这情况发生了。他说出了那个字。一听到那个字，罗杰叫了起来，“现在马上停下！”他命令那个验尸官和医生退开，立即喊了一辆救护车来。就像他一贯的行事作风，他百分百遵从老板的命令。他一直在等待那个词的出现，他很清楚地听到了那个词：

“格蕾丝。”

81

这是一个关于时间的意义的故事。

它始于蛮荒时代，结束在距今数十年以后，一个挤满了人的礼堂。人们在为一个受人敬重的医生鼓掌。她感谢了她的同事们。她说那是一个“团队合作的成果”。但介绍她出场的主持人指出，全世界公认的事实是：萨拉·雷蒙博士找到了我们这个时代最顽固的恶疾的治疗方法，它将拯救成千上百万生命，改变人们的生活。

“请接受我们的致敬，”主持人说。

她低下头，害羞地挥了挥手。她感谢了她的老师、研究伙伴，并向大家介绍了她的母亲，洛林。洛林拿着手袋站在萨拉后面，满脸笑容。萨拉也指出，如果不是因为一个名叫维克多·迪拉蒙特的慈善家的慷慨帮助，这一切都不可能发生。她申请读大学的时候，他留下遗嘱，支付了她就读一所常春藤联盟大学的所有学费——本科、医学院，不管她读到什么程度，学费都由他来支付——这些都写在了他的遗嘱里。让他丧命的疾病，就是后来被萨拉攻克的顽疾。死亡前，他彻底重写了自己的遗嘱。他和萨拉在急救室一起待过一个晚上。此后，他又活了三个月。他的妻子，格蕾丝，说那是他们的婚姻生活中最宝贵的三个月。

“非常感谢所有的人，”萨拉最后说。

人群鼓掌起立。

与此同时，在下曼哈顿一条鹅卵石路上，果园路四十三号甲被新租户租下，一个工程队根据施工图纸在敲墙。

“哇，”一个人惊呼起来。

“怎么了？”另一个问。

手电筒的光芒照进一个洞穴样的空间。那个洞藏在地板之下。洞穴的墙壁上是各种各样的刻印，各种形状、符号。洞穴的角落里有一个沙漏，沙漏里只藏着一粒沙子。

在好奇的工人们捡起沙漏的那一刻，某个遥远的地方——这个地方即使用一整本书也难以描绘清楚——一个名叫多尔的男子和一个名叫爱莉的女人正赤着脚往山上跑，他们扔着石头，和他们的孩子们欢呼嬉闹，完全没有意识到时光的流逝。

致谢

首先，感谢上帝。没有他的仁慈我一事无成。

相对而言，有些书写起来更困难一些。感谢所有那些在此书的写作过程中，给予我耐心，并从本书构思阶段起就支持我的人。我的家庭、兄弟姐妹、兄弟姐妹的另一半，以及我那些亲爱的弟兄们。

特别要感谢罗斯娅和查德，他们让我对“朋友”两个字有了新的认识；我无法宽恕自己在那些日子里的表现，但他们给了我无穷无尽的支持。对此，我将永生难忘。此外，我要向阿里、罗斯娅、里克和特里希娅，这本书最初的读者们，送上我最诚挚的感谢。在他们的鼓励下，“时间之父”的故事才得以展开。

我也要借此机会向克里表达我无尽的感激之情。他不仅读了此书，编辑了此书，还替我挡掉了一切纷扰，让这个故事得以呼吸，并在这个世界上找到一个位置。还有孟德尔。这个家伙虽不务正业，但因为办公室里有了他，我们每天的生活才变得多姿多彩。

还要感谢戴维，在过去的四分之一个世纪里，他始终对我抱有信心。还有安托内拉、苏珊、艾莉、戴维·L和“黑之队公司”的所有成员。他们于我而言，就像汪洋中的小船。也感谢艾伦、伊丽莎白、萨曼莎、克里斯汀、基尔和“许珀里翁出版社”的所有员工，以及负责宣传事宜的“萨利·安妮公司”。更要向我的编辑，威尔·施瓦布，送上我深深的感谢。他答应了我们的请求，我很开心他的回答是“好”。

还要特别感谢密歇根州克林顿镇上的人体冷冻学会。该学会的工作人员为我写作这本小说提供了大量信息。虽然书中的维克多在这一过程中学到了一课，但对于人体冷冻科学、从事人体冷冻学的研究人员和接受治疗的病人，我并无意做价值判断。毕竟，这只是一部虚构小说。

自然，我还要感谢我的母亲、父亲、卡拉、彼得和我的大家庭里的每一个成员。

最后，还有我生活中唯一的那一位“爱莉”。多尔在爱莉身上所见的，我在我的生活中的每一天都能见到。谢谢你，简宁。

还要感谢你们，我忠实的读者们。你们在还不清楚这本书讲的是什么的情况下就拿起了这本书——你们是我的作品的支柱，我写下这个句子的时候，脑海里有你们的身影。你们给予了我希望和灵感，请允许我继续回馈你们。

米奇·阿尔博姆
底特律，密歇根
2012 年 5 月

图书在版编目(CIP)数据

时光守护者/(美)阿尔博姆(Albom, M.)著;吴正译.
—上海:上海译文出版社,2013.8
书名原文:The Time Keeper
ISBN 978-7-5327-6304-7

Ⅰ.①时… Ⅱ.①阿… ②吴… Ⅲ.①长篇小说—美
国—现代 Ⅳ.①I712.45

中国版本图书馆 CIP 数据核字(2013)第 137889 号

THE TIME KEEPER
By Mitch Albom
Copyright © 2012 Mitch Albom, Inc.

THE END OF THE WORLD
Words by Sylvia Dee
Music by Arthur Kent
Copyright © 1962 (Renewed) by Music Sales Corporation (ASCAP)
International Copyright Secured. U.S. and Canada rights owned by Music Sales Corporation and other international rights owned by Music Sales Corporation and Edward Proffitt Music.
All Rights Reserved. Used by Permission.
Published by arrangement with Mitch Albom, Inc.,
c/o Black Inc., the David Black Literary Agency
through Bardon-Chinese Media Agency
Simplified Chinese edition copyright © 2013
by Shanghai Translation Publishing House
ALL RIGHTS RESERVED

图字:09-2013-392 号

时光守护者
〔美〕米奇·阿尔博姆 著 吴 正 译
责任编辑/黄昱宁 装帧设计/张志全工作室

上海世纪出版股份有限公司
上海译文出版社出版
网址:www.yiwen.com.cn
上海世纪出版股份有限公司发行中心发行
200001 上海福建中路 193 号 www.ewen.cc
浙江新华数码印务有限公司印刷

开本 890×1240 1/32 印张 9 插页 5 字数 79,000
2013 年 8 月第 1 版 2013 年 8 月第 1 次印刷
印数:00,001-30,000 册

ISBN 978-7-5327-6304-7/I·3766
定价:35.00 元

本书中文简体字专有出版权归本社独家所有,非经本社同意不得连载、摘编或复制
本书如有质量问题,请与承印厂质量科联系。T:0571-85155604